ESTRELLA DE NOCHEBUENA

OBRA ANTOLÓGICA

ESTRELLA DE NOCHEBUENA

Colección de historias festivas

ITA EDITORIAL

Escrita por:

Fredy Hernando Pulido Avellaneda

Constanza Aimola

Gloria Inés Vargas

Elizabeth Vega

Bertha Piedad González Lastra

Juan Guillermo Restrepo

Liliana Arango Restrepo

Gladys Stella Moncayo Colpas

Ana María Gutiérrez Suárez

Carmen Julia Fuentes Pacheco

María de Lourdes Reyeros Devars

Gloria Diana Montoya Orrego

Yuris Teran Sulbaran

Jean Carlos Navarro Sánchez

Andrés Santiago Villamizar Jiménez

Ingrid Vanessa Montoya Mesa

Sebastián P. V.

Cristhian Fernando Parrado Huertas

Maria Arroyo

Karen Marcela Alba Gómez

Julie Milena Neme Cantillo

Sandra Milena Bonilla Mendieta

Iván Diaz Zuluaga

Cristian Steven Leal Rodríguez

Jessenia Guadalupe Chavisnán Herrera

Laura Valentina Garcia Ararat

Sergio Luna Otálora

Nasly Sulay Asprilla Riascos

Título: © Estrella de nochebuena: Colección de historias festivas

Autores: © Fredy Hernando Pulido Avellaneda, © Constanza Aimola, ©Gloria Inés Vargas, ©Elizabeth Vega, ©Bertha Piedad González Lastra, ©Juan Guillermo Restrepo, ©Liliana Arango Restrepo, ©Gladys Stella Moncayo Colpas, ©Ana María Gutiérrez Suárez, ©Carmen Julia Fuentes Pacheco, ©María de Lourdes Reyeros Devars, ©Gloria Diana Montoya Orrego, ©Yuris Teran Sulbaran, ©Jean Carlos Navarro Sánchez, ©Andrés Santiago Villamizar Jiménez, ©Ingrid Vanessa Montoya Mesa, ©Sebastián P. V. , ©Cristhian Fernando Parrado Huertas, ©Maria Arroyo, ©Karen Marcela Alba Gómez, ©Julie Milena Neme Cantillo, ©Sandra Milena Bonilla Mendieta, ©Iván Diaz Zuluaga, ©Cristian Steven Leal Rodríguez, ©Jessenia Guadalupe Chavisnán Herrera, ©Laura Valentina Garcia Ararat, ©Sergio Luna Otálora, ©Nasly Sulay Asprilla Riascos.

www.itaeditorial.com

ISBN: 9798395048776

Sello: Independently published

2023

Publicado en Colombia

Páginas: 162

Editado por: © Luisa Campos.

Diseño de portada: ©ITA Editorial

Ilustración de portada y contraportada: ©Plasteed / ©Freepik

Índice

Prólogo

En la vastedad de la existencia humana, hay pocas constantes que unen a todos, independientemente de su origen, cultura o tiempo. Una de estas constantes es la capacidad inherente del ser humano para contar historias. Las historias nos sirven de brújula, nos permiten encontrar significado en el caos, nos dan una forma de expresar nuestras emociones más profundas y, en última instancia, nos ayudan a conectar con los demás. Esta antología que tienes en tus manos, Estrella de Nochebuena, es una celebración de esa universalidad, al igual que la celebración que nos brinda cada año la Navidad.

Estrella de Nochebuena es una colección de historias de Navidad escritas por una variedad de autores, cada uno con su propia voz y estilo únicos. En estas páginas encontrarás risas y lágrimas, esperanza y desesperación, amor y pérdida. Pero, por encima de todo, encontrarás el espíritu de la Navidad, ese espíritu que nos impulsa a ser más amables, más generosos y compasivos.

La Navidad es un tiempo de reflexión, de agradecimiento, de amor y de generosidad. Es un momento en que las diferencias que a menudo nos separan se desvanecen y somos solo seres humanos, unidos en nuestro deseo de paz y felicidad. Las historias que encontrarás en "Estrella de Nochebuena" capturan ese espíritu. Nos hablan de la importancia de la familia, de la alegría de dar, de la belleza de la nieve cayendo en la Nochebuena y de la maravilla de los niños al despertar en la mañana de Navidad.

En ITA nos sentimos orgullosos. Esa frase puede parecer extraña en el contexto de una introducción a un libro, pero en realidad, encapsula a la perfección lo que este proyecto representa. ITA, o la Iniciativa Transcultural de Autores, es una organización que promueve la diversidad y la inclusión en la literatura. Estamos orgullosos de haber reunido a estos escritores de diferentes orígenes y culturas para compartir sus propias interpretaciones y experiencias de la Navidad.

Este libro es un testimonio del poder de la narración para unir a las personas. A través de estas historias, podrás experimentar la Navidad desde perspectivas que tal vez nunca antes habías considerado. Puede que te encuentres en un hogar humilde en un pequeño pueblo, observando cómo las luces del árbol de Navidad iluminan los rostros de una familia agradecida, o puede que estés en una gran ciudad, viendo la alegría de la

Navidad a través de los ojos de un niño que experimenta la nieve por primera vez.

Cada historia es un regalo, envuelto en papel de colores brillantes y atado con un lazo de esperanza y amor. Algunos regalos te harán reír, otros te harán llorar, pero todos ellos te tocarán de alguna manera. Eso es lo que hace a la Navidad tan especial, y eso es lo que esperamos que encuentres en Estrella de Nochebuena.

Así que te invitamos a que te acomodes en tu sillón favorito, con una taza de chocolate caliente en la mano y la luz del árbol de Navidad parpadeando en la esquina de tu visión. Abre este libro y sumérgete en el mundo de la Estrella de Nochebuena. Deja que estas historias te envuelvan como una manta cálida, te llenen de alegría y te recuerden la magia de la Navidad.

Mientras exploras estas páginas, quizás te encuentres recordando tus propias historias navideñas, las risas y las lágrimas, los momentos de maravilla y alegría, los abrazos cálidos y los regalos inesperados. Porque cada historia de Navidad, ya sea contada en voz alta alrededor de un fuego crepitante o escrita en las páginas de un libro, es un hilo que nos une a todos en un tapiz de humanidad compartida.

En ITA, nos sentimos orgullosos de presentar esta obra, no solo como una colección de historias de Navidad, sino como un tributo al poder de la narración y a la universalidad del espíritu navideño. En cada página, en cada historia, en cada palabra, encontrarás un pedazo de ese espíritu. Y tal vez, al final, te encontrarás viendo la Navidad -y el mundo que te rodea- con nuevos ojos.

Porque eso es lo que hacen las mejores historias. Nos desafían, nos emocionan, nos cambian. Y al final, nos dejan un poco más ricos, un poco más sabios y un poco más conectados con los demás.

Bienvenido a Estrella de Nochebuena. Esperamos que disfrutes de la lectura tanto como nosotros disfrutamos de la creación de esta antología. Y en este espíritu de conexión y generosidad.

Nueve días

Por Fredy Hernando Pulido Avellaneda

Camila cumplió treinta y cinco años hace un mes. Si le hubieran dicho en su adolescencia que acabaría viviendo del reciclaje en esta ciudad fría e indiferente, con dos hijos y viuda, nunca lo hubiera creído. Sale cada tarde, después de lavar ropa ajena durante toda la mañana, con un carrito viejo de supermercado, en el que recolecta cartón, botellas plásticas, y latas de aluminio. Al principio también recolectaba papel y chatarra. Pero aprendió pronto que esos materiales pesan mucho, y los pagan mal en los centros de acopio.

Hoy empiezan las novenas de navidad. Ella descubre que el ambiente de la ciudad se siente diferente. Las personas, usualmente hurañas, parecen un poco más amables, y las compras de fin de año influyen en la cantidad de material aprovechable que encuentra en las canecas.

Pero esta época también le produce varios sentimientos que se juntan en una constante ansiedad. Por una parte, está la angustia de no saber hace semanas de su familia en Guasdualito, y de desconocer el paradero de los amigos con los que cruzó la frontera. Por otro lado, está la nostalgia de las navidades de su infancia, el pan de jamón, la hallaca, la ensalada de gallina, los juegos, los regalos, la música criolla en vivo, tantas cosas.

Mientras repasa las calles, buscando entre las bolsas de basura, toma una nota mental. Apenas llegue a la casa le pedirá prestado el celular a Don Nicanor, e intentará llamar de nuevo a su casa, a ver si esta vez cuenta con suerte. Pero lo que más la tiene preocupada, son los regalos de navidad para Coraima y José Luis, de diez y de ocho años respectivamente. Escribieron cartas al Niño Dios pidiendo juguetes, que Camila sabe, no les podrá comprar.

Salió como todos sus paisanos, huyendo de las necesidades y de la falta de trabajo. Eso fue hace casi dos años. Lo hizo un tiempo después de que le mataron a su esposo, al que le metieron dos tiros por robarle la moto. Hasta hoy tiene la espina de no haberle podido hacer un funeral digno, porque no tenía dinero. A partir de allí, entró en una profunda depresión que trataba de ocultar cada día, ya fuera haciendo oficio, ya fuera buscando trabajo, o atendiendo a su hermana.

En las noches, después de dormir a los niños y dejar lista la cocina, duraba horas sin poder conciliar el sueño. Lloraba por Eduardo, por lo absurdo de su muerte, y también por la descarada impunidad que rodeaba su caso. A veces lloraba por tener que sacar dos hijos adelante sola, por la situación económica que cada vez apretaba más, por no haber planificado como se lo sugirió su mamá después de que nació Coraima. Lo que más le asustaba, era que llegara el día en que no hubiera qué comer. No por ella, sino por sus hijos, su mamá y Yadira, su hermana.

Tal vez por el deseo desesperado de escapar de esa tristeza constante, fue que se dejó convencer de Yeison y su energía desbordada. Eran amigos desde la infancia, cuando él la peinaba para que la dejaran salir rápido a jugar. Ese miércoles de febrero llegó entusiasmado y hablando más rápido que de costumbre. Decía que ya tenía quien los llevara hasta Yopal, que era un amigo que había empezado a conducir el camión de don Emiliano, que tenía programado un viaje la siguiente semana para llevar agroquímicos. Así que el plan era esconderse entre la carga, él, su novio, y claro, Camila si se entusiasmaba.

Todo sonaba muy bien. Solo eran 30 km hasta Arauca, y de allí 363 más hasta Yopal. Al llegara a la ciudad buscarían a amigos de Yeison, que ya llevaban tiempo en el Casanare, y tenían un salón de belleza. En resumen, no solo iban a estar mejor económicamente, sino que podrían ejercer lo que habían estudiado.

El gran problema eran los niños. Cuando ella le planteó a su mamá la idea, haciendo énfasis en la oportunidad que representaba este viaje, recibió una respuesta que no esperaba:

—Soy una vieja de 75 años, apenas si puedo con Yadira, y eso porque ella hace muchas cosas por sí misma. La silla de ruedas ha sido una bendición, porque ya recuerdas cómo era cuando usaba las muletas. Pero de los niños no me puedo hacer cargo. Ellos son traviesos y comen al por mayor, ¿De qué voy a alimentarlos, de cotufas y papelón?

—Pero mamá, no tengo idea qué voy a encontrarme en Colombia. ¿Y si les pasa algo? ¿Y si se enferman o me los roban? ¿En dónde van a estudiar? ¿Quién me los cuidará mientras trabajo?

—¡Los chamos van a estar mejor con su mamá que conmigo, de eso puedes estar segura! Si te vas, debe ser con tus hijos, si no, quédate y la luchas aquí.

Le costó mucho trabajo convencer a Yeison de viajar con los niños. Tuvieron cinco conversaciones durante tres días, hasta que le prometió que los seis primeros meses como estilista, le daría la tercera parte del salario que obtuviera.

Fue así como la mañana del 29 de febrero, ignorando los agüeros de viajar en bisiesto, salieron escondidos en el camión de don Emiliano, ella, los niños, Yeison y Mauricio. Conducía Héctor, un antiguo capataz de la hacienda Bonanza, un hombre recio, más acostumbrado a lidiar con ganado que con personas.

¡Si tan solo hubiera sabido en ese momento que no volvería a ver a Yeison! Que su paso por Yopal iba a ser tan efímero, que terminaría viviendo del reciclaje en Bogotá, que sus hijos terminarían durmiendo en un colchón viejo de mota, que pasaría sus días luchando por comprar una bolsa de leche y una libra de harina Pan. ¡Pero qué va! La vida es una mierda que, en su cinismo, te deja tomar malas decisiones sin siquiera darte pistas de que la estás cagando, hasta que claro, es demasiado tarde.

Al llegar esa noche a la pensión, don Nicanor le presta el celular para que llame a Guasdualito. Él no quiere recibirle las monedas, pero ella insiste. Sabe que el viejo también la pasa mal porque muchos se van sin pagarle por los cuartos. Cuando era joven, él mismo sacaba a los deudores descarados amenazándolos con una escopeta, pero ahora que las fuerzas apenas le dan para caminar, se ha convertido en el hazme reír de los malandros.

Cuando entra la llamada, la conversación es tensa, su madre suena muy desesperanzada. Yadira se cayó pasando de la silla de ruedas al inodoro y se partió el antebrazo. Lleva tres días internada en el centro médico Divino Niño, pero los médicos están hablando de llevarla al Hospital Central para instalarle unos tornillos en el cúbito. Además, requiere unos medicamentos costosos que no se consiguen. Camila pregunta por noticias de Yeison y Mauricio, pero su mamá le dice que no se ha sabido nada, siguen desaparecidos.

Esa noche Adriana, la del cuarto siguiente, la ve llorar tan desconsolada al teléfono, que al rato toca a su puerta. Primero escucha sus problemas mientras le brinda café. Luego le propone llevarla a una casa en Teusaquillo donde ella trabaja. Están necesitando una niñera y quiere recomendarla.

Adriana es una morena de Maracaibo, que a pesar de las dificultades, no ha perdido la alegría en la mirada, la espontaneidad en el carácter, y el acento maracucho.

Al otro día se presentan a las siete de la mañana en una casa antigua, construida en ladrillo al estilo inglés, con un ático y todo. Camila creía haber tratado con todo tipo de colombianos, llaneros, costeños, paisas y bogotanos. También personas de todas las condiciones, tanto obreros y oficinistas, como malandros y habitantes de calle. Pero conocer a doña Astrid fue toda una novedad para ella.

Lo primero que preguntó, después de la presentación protocolaria, fue si debía cuidar a sus nietos (era evidente que la señora tenía al menos setenta años). Pero pronto comprendió que el término niñera, era un eufemismo, pues el cargo real era cuidadora de mascotas. En pocos días asumió la rutina de su trabajo: alimentar, jugar, pasear, cepillar, y mantener con sus moños impecables, a cuatro gatas angora y dos perras, una labradora y una schnauzer.

Doña Astrid era una mujer obsesiva con el aseo, el orden y las buenas costumbres. Pero de vez en cuando le daban arrebatos y ponía a todo volumen boleros, bambucos o música clásica. Tenía un acento muy particular, que Camila nunca había escuchado, aunque debía aceptar que le parecía bonito, era como elegante. La casa estaba hermosamente adornada, se respiraba ambiente navideño en cada rincón, había luces, porcelanas, peluches, estrellas y campanas por todas partes.

Siempre debían estar como mínimo dos de las tres empleadas del servicio cada día de la semana, así que se iban rotando. Una era Adriana, su compatriota, que cambiaba de inmediato su energía festiva al ponerse el uniforme, pasando a ser callada y sumisa. La otra, una muchacha boyacense llamada Constanza. Fue ella quien le explicó que el acento de doña Astrid se llamaba "cachaco", y era la manera como hablaban los bogotanos de antes.

Cuando estaba de buen humor, doña Astrid daba las instrucciones de los oficios del día, se servía una copa de vino rosado, les decía "quedan en su casa" y subía cantando hasta el ático a pintar. Su obra estaba compuesta principalmente por bodegones, paisajes, retratos infantiles bastante realistas, y muchos cuadros de sus mascotas.

Pero cuando amanecía con el genio atravesado, empezaba a regañar a diestra y siniestra, por lo que fuera: el polvo en los muebles, las manchas negras en las juntas de las baldosas, el mercado en la alacena, la etiqueta al servir el almuerzo, o el desorden en las figuras del pesebre. Así que con solo cuatro días trabajando allí, Camila aprendió que lo mejor que podía hacer, era dar paseos largos con las perras y pasar muchas horas cepillando a las gatas. Al verla ocupada, la doña no se metía con ella.

En el sexto día, Camila subió a informar que se acabó el alimento para gatos, y entonces comprendió que la vida puede ser muy cruel. Doña Astrid le ordenó abrir dos latas de atún y dárselas a las angoras, mientras mandaba a Constanza a hacer mercado. Camila sintió una mezcla de tristeza y de rabia, mientras vertía el atún, del más costoso, en los comederos de acero. Llevaba días a punta de papa, arroz y algo de verdura, porque para poder dar proteína a sus hijos, guardaba el pedacito de carne o la presa de pollo, que le servía Adriana en el almuerzo, y se los llevaba a Coraima y José Luis. Mientras tanto, las gatas se relamían los bigotes y se atragantaban con ese manjar.

El séptimo día llegó a las ocho pasadas, después de caminar hora y media porque no tuvo para el transporte. Adriana tenía permiso de llegar a medio día, por cita médica, así que no tuvo cara para pedirle prestado. Desde que abrió la reja del antejardín supo que no iba a ser un buen día. Doña Astrid recibiría invitados en la noche, por la novena de aguinaldos, y estaba bastante estresada con el asunto.

Gritaba a Constanza por lo opaco que estaba el piso, la falta de adornos en el árbol y el pésimo estado del jardín. Fue tanta la mala vibra, que Camila decidió ayudar a la compañera con los oficios de la casa. Empezó a barrer, trapear y brillar. Primero la sala, luego los baños, la cocina y los corredores.

Fue así como llegó al fondo de la casa, y descubrió que ésta se truncaba por un muro que parecía haberse levantado en un tiempo posterior al resto de la construcción. Contra el muro estaban arrumados un montón de cachivaches y muebles viejos, además, algunos cuadros tapados con sábanas y cortinas. Ella destapó el más grande, se trataba del retrato de cuerpo entero de un hombre en sus cuarentas, con vestido de gala de la Marina. Tenía una expresión serena y bondadosa que ella nunca había visto en ningún militar.

Ya en la tarde, después que llegó Adriana, sacó las perras a pasear. Dio una caminata especialmente larga, de al menos unas doce cuadras. Mientras tanto, la agobiaban un torbellino de pensamientos: la salud de Yadira, el paradero de Yeison y su novio, el arriendo del cuarto, los regalos de navidad para sus hijos. Además, tenía la ilusión de poder comprar un mercado medianamente decente, después de tantos meses. Como sabía que el primer pago llegaría hasta el treinta, y la navidad no daba espera, pensó en alternativas para comprar a crédito algo de mercado. También decidió hablar con Don Nicanor para ver si le prestaba un poco de dinero para los regalos. Claro solo hasta el treinta, cuando le pagaría todo.

Entonces se dio cuenta que ya estaba cerca de la Parroquia del Espíritu Santo, se había alejado demasiado de la casa. De inmediato tensó y giró las correas, indicando a las perras que debían volver. Al cruzar la calle 39 casi la atropella un auto. El conductor tuvo que hacer un rápido movimiento para esquivarla, entonces Vainilla, aprovechó que aflojó la correa y se le escapó. Corrió al menos tres cuadras detrás de la labradora, gritando ¡Vainilla, Vainilla!, hasta que Cuqui, la schnauzer, que ya era viejita, no quiso correr más. Se sentó al lado de sus pies, jadeante y con mirada de súplica.

Después de que Cuqui se repuso, se dirigieron hacia la casa. Camila no sabía qué le iba a decir a doña Astrid. Adiós al sueldo, a la remesa para los medicamentos de Yadira, adiós a los regalos de los niños, al pago del cuarto para don Nicanor y a la posibilidad de hacer hallacas para navidad. Lo más seguro era que la iba a despedir.

Cuando giró por la esquina de la cuadra, y fue consciente que había llegado, el miedo se apoderó de ella. ¿Y si le daba un soponcio a la doña?, porque sus mascotas eran como sus hijas, y de entre todas, Vainilla la más consentida. Se puso a dar vueltas a la manzana tratando de encontrar las palabras adecuadas. Trató de inventar una historia más convincente: ¡Que dos tipos se la habían robado, eso! Porque ahora que lo pensaba, lo del carro la hacía quedar como una idiota.

Ya habían dado dos vueltas a la manzana, cuando al caminar por la calle trasera, se cruzaron de andén, y entonces, Cuqui empezó a olfatear y hacer gemidos de ansiedad, dirigiendo su cuerpo con fuerza a una pequeña reja. Lo extraño era que no pertenecía a la fachada de una casa, sino que daba ingreso a un largo pasillo que actuaba como medianera entre dos casas modernas.

El pasillo estaba lleno de plantas y flores, sembradas en ollas viejas, llantas recicladas y canecas en desuso. De pronto la Cuqui ladró, y del fondo contestó otro perro con evidente alegría. Camila se preguntó si sería posible que fuera Vainilla. Los ladridos continuaron hasta que, de la sombra, surgió un viejito encorvado, de nariz enrojecida y orejas con pelos, que con amabilidad preguntó:

—¿Quién es?

—¡Buenas tardes! Me llamo Camila Miranda, ando buscando una perrita labradora llamada Vainilla.

—Mucho gusto mijita, mi nombre es Juan Marcos Olmos. La perrita está aquí, deme un momento, voy a buscarla.

Desde el incidente con el carro, la tarde se venía encapotando con nubarrones, pero Camila no lo había notado por su preocupación. De pronto, algunas gotas empezaron a caer en su cara. En el fondo del pasillo se formó una algarabía de ladridos juguetones que la Cuqui respondió todavía más fuerte, metiendo la cabeza entre los barrotes de la reja, como queriendo entrar de una buena vez.

Como el señor Olmos tardó en volver, Camila empezó a mojarse cada vez más con la llovizna, que en cuestión de minutos se volvió aguacero. Cuqui se sentó resignada y gemía anhelante, mientras el pelaje se le aplastaba con la lluvia. Cuando finalmente apareció el viejo desde el fondo del pasillo, traía a vainilla dando salticos alegres a su lado y un atado de llaves.

—¡Dios mío se lavaron! Disculpe la demora señorita, pero tuve que atender una llamada de mi hermano. ¿Quiere seguir mientras escampa?

— Si señor, se lo agradezco. Porque el aguacero está muy fuerte y no quiero que Cuqui se enferme, es lo único que me falta.

Camila quedó sorprendida al ver la familiaridad con la que Cuqui saludó al viejo, después se sacudió el agua salpicando a todos, y corrió hacia el fondo con vainilla haciendo fiestas.

—Disculpe la pregunta, ¿Las perritas ya lo conocían?

— Claro que sí, soy vecino de este barrio desde hace 35 años. Pero mire cómo se empapó, ya le paso una toalla. ¿Quiere algo caliente? ¿Una aromática, un café?

El viejo vivía en un lugar pequeño, apenas un cuarto, una sala y un baño. Cocinaba en la misma sala, con una estufa de dos puestos conectada a un cilindro de gas. El sitio, aunque reducido, era muy acogedor. Estaba limpio, ordenado, había cierta armonía entre las cosas que lo componían. Algunas de éstas ya ni siquiera se usaban, como una máquina de escribir, una plancha de carbón, un molino de mesa, un teléfono de disco. Además, en el centro de la pared, completaba el marco un collage con monedas, billetes y postales de varios países del mundo.

Después de dos horas de lluvia incesante, y varias tazas de café, Camila sentía que conocía de toda la vida a Don Juan Marcos. Se sorprendió de sí misma, por contarle muchas cosas de su vida. Por ejemplo, cómo salieron de Guasdualito ocultos en el camión de don Emiliano, la forma en que los descubrió la Policía en un retén entre Arauca y Tame, y los atropellos con que los llevaron al calabozo.

También le contó que Héctor, el conductor, sobornó a los policías para seguir su camino. Luego le mencionó que apenas se dieron cuenta de que Yeison y Mauricio eran pareja, les dieron una muenda tremenda y se los llevaron a rastras de la Estación de Policía, que desde entonces no ha vuelto a saber de ellos.

Le contó que, dos días después de eso, la liberaron, y una funcionaria de Bienestar Familiar le entregó a los niños. Mientras llenaba el papeleo, le dijo que lo mejor que podía hacer era devolverse para Venezuela. Sin embargo, ella no se rindió y decidió terminar el camino iniciado. Pero cuando llegó a Yopal no pudo contactar a los conocidos de Yeison, porque ya no vivían en la dirección que él les había dado. Tampoco había rastro del salón de belleza.

Decidió unirse a un grupo de caminantes, y cruzaron hasta Sogamoso. Entonces José Luis se le enfermó de una bronquitis tremenda, por el frío que soportaron pasando la laguna de Tota. El niño estuvo una semana hospitalizado en Sogamoso. Después que lo dieron de alta, ella convenció a un señor que traía un viaje de cebolla desde Aquitania, para que los ayudara a llegar a Bogotá.

Por su parte, don Juan Marcos le contó que era pensionado, que estaba separado y por eso su ex se quedaba con la mitad de la pensión. Le explicó que la única familia cercana que le quedaba, eran su hermano y su cuñada en Bucaramanga. También bromeó con que lo tenía aburrido el frío de Bogotá, y que cualquier día se iba a vivir a esa ciudad. Luego se refirió a un hijo, del cual llevaba años sin saber nada de nada.

Cuando cesó el ruido de la lluvia, Camila aprovechó para terminar la conversación. Pidió el baño prestado, y al entrar, descubrió que una de sus paredes era idéntica a la pared trasera de la casa de doña Astrid. Al volver a la sala, tomó las correas, llamó a las perras, que salieron de entre el ropero, y le comentó al señor Olmos:

—Parece que comparte una pared con doña Astrid, debería ponerse de acuerdo con ella para arreglarla.

—Eso no es posible señorita, hace mucho tiempo que no me habla. —Dijo el viejo con resignación—

—¿Qué pasó?, ¿Algún lío de linderos?

—No señorita, más bien de faldas, estuvimos casados casi cuarenta años.

La cara de Camila se sonrojó por su imprudencia, entonces Juan Marcos, sin considerarlo un asunto grave continuó.

Para no hacerle el cuento largo, porque sé que se tiene que ir. Fue el amor de mi vida desde que nos conocimos en una fiesta de fin de año, en la Armada Nacional. No fue mi primer amor, pero como si lo fuera. El noviazgo se nos quedó pequeño a los pocos meses, así que nos casamos, obtuvimos un crédito a quince años para la casa, viajamos, nos cuidamos las enfermedades, y en fin, tratamos de ser el uno para el otro. Eso hasta hace cuatro años, cuando apareció mi hijo, un hombre hecho y derecho, con su familia, carrera y vida resueltas. Su nombre es Juan de Jesús.

Llegó un día, llamó a la puerta y pidió hablar conmigo a solas. Yo le dije que no tenía secretos con mi esposa, y entonces soltó la bomba. Dijo que su mamá era Amparo, una mulata que conocí en mi época de cadete en Barranquilla, eso fue años antes de conocer a Astrid. Fue un amor que duró una semana, una mujer hermosa, que recuerdo con cariño, pero que jamás volví a ver.

Él quería conocer a su papá, porque fue diagnosticado con cáncer de testículo, y deseaba cerrar ese tema por si la operación no daba resultado. Simplemente, yo no pude negar mi paternidad. El color de su piel y la sonrisa eran los de Amparo, de resto, era igualito a mí. Desde esa vez, no lo he vuelto a ver, me dejó un número de teléfono en el que nadie contesta.

Astrid nunca me perdonó, cambió de inmediato conmigo. Fue como si se transformara en otra mujer. Dejó de decirme mi vida, me mandó a dormir al sofá, se volvió distante y melancólica. Yo creo que su rabia era porque intentamos durante muchos años que llegaran los hijos. Soñábamos con tres, dos niñas y un niño, pero nunca se pudo.

Después de algunos meses, me pidió el divorcio. Yo no quise firmarlo porque me parecía injusto. Así que un buen día me dijo: La parte de atrás de la casa es suya, mire a ver cómo va a entrar y a salir, porque voy a pasar un muro divisorio, usted no vuelve a poner un solo pie en mi propiedad.

Por eso negocié con don Vespasiano, el dueño del predio trasero, que me vendió un pedazo del jardín para tener una entrada, que ahora es la reja. Luego de un año el hombre murió, y los hijos de él construyeron esa casa nueva, sin jardines ni balcones, solo apartamentos y garajes. Por eso mi predio quedó con esa entrada tipo zaguán, que ahora trato de alegrar con matas.

De una cosa estoy seguro señorita: si la vida no nos deja volver a estar juntos, espero que al menos en el más allá, con otro nivel de sabiduría, podamos perdonarnos. ¡Ahora váyase rápido mija, llévele a Vainilla y a Cuqui, e invéntese una buena excusa, porque donde se entere que estuvo aquí, quién se aguanta a esa señora!

Apenas entró a la casa, Camila pensó que su demora pasaría desapercibida porque ya estaban llegando los invitados a la novena. En la calle había una cantidad de autos lujosos, en el salón, al menos treinta personas que conversaban. Compartían vino, pasabocas, natilla y dulce de moras.

Doña Astrid no la vio entrar, pero las perritas de inmediato fueron a saludarla, y ella le hizo una seña para que se las llevara al segundo piso. Al ingresar a la cocina, Constanza le hizo un gesto dándole a entender que estaba en problemas. Sin embargo, Camila evitó el tema y se pasó la noche atendiendo invitados, paladeando niños mal criados, cuidando que nadie desordenara el pesebre, y, sobre todo, calmando a las gatas que estuvieron inusualmente inquietas. Salieron como a las once de la noche, Adriana le dijo que estaba rendida, que tomaran un taxi, que ella lo pagaba.

Al día siguiente, doña Astrid no le permitió ingresar a la casa, le dijo que esperara en el jardín. Como a los diez minutos bajó, el semblante de la Doña estaba desdibujado. Le entregó un sobre con el salario de los días anteriores.

—¿Es en serio doña Astrid? ¿Me va a botar por quedarme atrapada en un aguacero y llegar tarde a su reunión? Si quiere descuénteme el día, pero no me despida, se lo pido por mis hijos.

—No señora, no la despido por su ineptitud laboral, ¡La despido por traición!

—¿Cómo así, traición de qué?

Entonces, Astrid sacó del bolsillo de su abrigo un botón dorado. Estaba todo mascado, y deformado por las muelas de Vainilla, pero aun así, se identificaba el escudo de la Armada Nacional. Luego se lo tiró por los pies a Camila.

— La despido por fraternizar con el enemigo, cuando aquí se le ofreció trabajo, comida y buen trato. Debió pensar en sus hijos antes de hacerme una cosa de esas.

Camila no se atrevió a agregar nada más. Tomó el sobre y se fue con la convicción de no haber hecho nada malo. Dio la vuelta a la manzana, y llamó de manera insistente a la reja de don Marcos. Quería insultarlo por dañarle la única oportunidad real que había conseguido en este país de mierda. Quería gritarle que él y su mujer eran un par de locos, quería decirle cualquier cosa que le doliera. Pero cuando el señor abrió la reja, solo pudo abrazarlo y llorar.

Él se disculpó varias veces, mientras la consolaba. Le dijo que no era la primera vez que alguien pagaba los platos rotos por el odio que le profesaba Astrid. Le dio un poco más de dinero, y le entregó dos juguetes de madera. Uno era un trencito colorido, con su locomotora y tres vagones. El otro, una casita de figuras geométricas para armar y desarmar, con una familia en miniatura y todo.

— Tome mija, para sus chamos como usted les dice. ¡Los compramos con Astrid hace años! ¡Estábamos tan ilusionados con esos hijos que nunca llegaron! No tiene sentido que haya niños sin juguetes en navidad, ni tampoco que haya juguetes guardados, sin que nadie los use.

Cuando llegó a la pensión, Camila trató de administrar el dinero como mejor pudo. Le hizo un pago parcial a don Nicanor, luego salió al banco y envió el dinero del medicamento más urgente para Yamile. El 24 de diciembre se pusieron de acuerdo con Adriana y los vecinos del 206, e hicieron la cena de navidad. No hubo ensalada de gallina, ni pan de jamón, pero sí hubo hallacas. El señor del 206 trajo varias botellas de vino barato, así que terminaron cantando música de Pastor López a todo pulmón.

El 25 los niños se levantaron desde temprano, de inmediato se pusieron a jugar con los regalos de don Juan Marcos, y por la tarde fueron al parque. Camila, incluso pudo pagar, para que usaran la cama elástica. A pesar de la felicidad de sus hijos, y la tranquilidad de tener todavía un poco de dinero, una duda por ratos le asaltaba la mente. ¿Y ahora qué? ¿Debo volver a lavar ropa y al reciclaje, o debo buscar nuevas oportunidades? Lo peor era que, no iba a poder solicitar una constancia laboral de esa señora.

El 26 de diciembre se puso a arreglar el carrito para salir a trabajar, cuando don Nicanor vino a buscarla.

—Doña Camila, tiene una llamada de la señorita Adriana.

—Aló, Adriana. ¿Por qué me llamas a esta hora, te pasó algo?

—Oye, tú si eres exagerada, estoy bien, no pasa nada. ¡Ya te paso a don Juan Marcos que necesita hablar contigo!

—Buenos días, señora Camila. Llamo para preguntar si los juguetes les gustaron a los niños, y para darle las gracias.

—Don Juan Marcos, qué bueno escucharlo. ¡Claro que les gustaron, ayer se la pasaron todo el día jugando, y anoche hasta durmieron con ellos! Pero no entiendo ¿Darme las gracias por qué?

—Porque debido a la injusticia que cometió Astrid con usted, tomé la determinación de dar la vuelta a la manzana y hacerle un escándalo. Llevaba muchos años de indignación y palabras reprimidas, y esa fue la gota que rebasó la copa. No sabe lo bien que me siento de haberle cantado la tabla a la Doña.

—¡Ay don Juan! ¿Cómo fue a hacer una cosa de esas? ¡No ve que después le da un patatús a ella, y ahí el sentimiento de culpa va a ser para mí!

—Nada de eso, es algo que se tenía que hacer, y se hizo. Una cosa más, aquí la señorita Adriana me contó que usted es estilista, y parece que de las buenas.

—Si señor, eso fue lo que estudié después de la secundaria.

—Pues mi cuñada es dueña de un importante salón de belleza en Bucaramanga. Hace un rato hablé con ella y me dijo que, si usted está dispuesta a radicarse allá, le da trabajo de lunes a sábado en el horario de la tarde. Piénselo mija, yo sé que ella paga buenos sueldos, sería cuestión de buscarle colegio a los niños cerca del trabajo.

—No hay nada que pensar, cuando ella me diga, yo me voy pa´ allá.

—Entonces es un hecho. Otra cosa, antes que se me olvide.

—Señor.

—¡El veinticuatro vino mi hijo! Está muy delgado, duró todos estos años luchando con el cáncer, porque le apareció luego en el colon. Según los médicos, parece que al fin está fuera de peligro. Llegó a buscarme a la casa del respaldo, pero la otra muchacha, Constanza, fue muy hábil y lo mandó para acá. Hablamos como cinco horas. Me dijo que habíamos perdido toda una vida, que quería conocerme mejor, que me fuera a vivir con su familia al norte de la ciudad.

—¡Me alegra mucho don Juan! ¡Qué bueno que pueda estar bien con su hijo!

—Esto definitivamente es un milagro, no sé si por la navidad estoy sentimental o qué. Pero gracias mija, desde que la conocí todo cambió. Apenas me organice y pueda ir a Bucaramanga la visito. ¡Pero eso sí, antes de irse me presenta a los niños!

—¡Claro que sí don Juan, se los llevo mañana mismo! La verdad yo creo que es al revés, usted es como un angelito de Navidad para nosotros. Y otra cosa, ya suelte a doña Astrid. Yo sé que vivieron muchos años juntos, pero todo eso ya pasó. La vida sigue y usted merece vivir muchas cosas buenas.

Un largo silencio, seguido con un pequeño suspiro, se escuchó al otro lado de la línea. Luego él retomó:

—Tiene razón mija, le voy a firmar el divorcio. Y a partir de este momento, no va más doña Astrid en mi vida. Nos vemos aquí mañana. ¡Los niños se van a enloquecer cuando vean todos los regalos que les tengo!

No milagro

Por Constanza Aimola

Desde la ventana del hogar geriátrico en el que vive mi mamá hace unos cuantos meses, puedo ver cómo permanece sentada en una banca del parque. Está por cumplir ochenta años, tiene una historia de siete de Alzheimer y ya no nos recuerda, a veces es difícil ver dentro de sus ojos que ya parecen vacíos y empieza a perder habilidades básicas, pero siento que aún ese cuerpo lo habita su espíritu.

Está haciendo frío con sol, no sé si alguien pueda recordar algo parecido cómo cuando está saliendo el sol, pero todavía no calienta, hay algo de neblina y esa sensación térmica que te produce escalofrío.

Mi mamá siempre ha sido una mujer muy elegante, preocupada por mantenerse delgada, con el cabello tinturado sin canas, con la piel hidratada y vestida según la ocasión. Es casi mágico que no haya perdido la capacidad del autocuidado porque la mayoría de las veces con esta horrible enfermedad es lo primero que se pierde.

Ahí está ahora en la banca del parque tomando los rayitos que le roba al sol entre las nubes, con camiseta, dos sacos, ruana, gorro de lana, guantes, medias gruesas y tenis que nunca usó pero que ahora los recomiendan para evitar los deslizamientos.

Es hermosa, tiene una piel preciosa, blanca inmaculada y fresca, es mucho más tranquila que antes, está ahí sentada apenas como existiendo. Eso me parte el alma y no puedo dejar de llorar. Se respiran los aires de la navidad, pero en esta oportunidad no está haciendo compras con nosotras, ni planeando con anterioridad lo que cenaríamos. Por esta época ya teníamos plan para cada día de la novena y nos había comprado la ropa que usaríamos así fuera por unas pocas horas en año nuevo y navidad.

No recuerdo haber sido muy amante de las fiestas decembrinas. Mientras sigo aquí en la ventana ver a mi madre hacer ejercicios bajo la dirección de su terapeuta en el parque, ya como de forma automática y obligada tomándome un chocolate caliente a ver si logro combatir el frío, trato de recordar una ocasión en la que haya sido especialmente feliz en estas épocas y no lo logro, tal vez la última navidad y año nuevo que compartí con mi papá, antes de que muriera el doce de enero, pero tampoco, porque justo en esos días me prometió que no se iba a morir. Suelo decir que mi papá todo lo hizo bien, porque hasta soportó quien sabe Dios con cuántos dolores hasta que pasaran las fiestas de fin de año y hasta la venida de los Reyes Magos. Cuando nos contaba siempre que en Italia los Reyes Magos le traían en las medias dulces a los niños, pero si se portaban mal era carbón lo que ponían en sus medias. ¡Adivinen! A mi papá le traían carbón, mientras me contaba me lo imaginaba corriendo a preguntarle a su mamá por qué si era un buen niño y ella comiéndose las lágrimas y diciendo, que no sabía, que tal vez se enteraron de algo que había hecho, cuando en realidad eran tan pobres que no creo que mi papá haya visto un caramelo en toda su niñez.

No sé por qué esta Navidad tiene aires diferentes, me da miedo que sea que alguien más se va a despedir de este mundo, he tenido algunos sentimientos similares y en los dos meses anteriores perdí a dos de mis tías maternas, las últimas hermanas que le quedaban a mi mamá. Saco la mano derecha que tengo metida en el pantalón y me persigno, Dios no permita que nada suceda.

Bueno dejaré los medicamentos que le traje a mi mamá y voy a saludarla, antes de bajar abro la puerta de su habitación y veo recostadas sus dos muñecas que ha dicho que son sus hijas, cómo me gustaría volver el tiempo atrás y estar chiquita con mi hermana, mi papá y mi mamá, todos sanos, esperando las vacaciones del colegio para poder salir a jugar a la calle, acompañar a mi papá al supermercado a comprar lechuga crespa para la ensalada, pan francés y torta de chocolate en todas sus formas posibles. Aunque sea en sueños Dios, digo en voz alta y vuelvo a llorar. Tengo tanto frío que las lágrimas ruedan calientes por mis mejillas y son tantas que se me meten en la boca tomándome ese líquido salado y amargo que grita mi dolor.

No quiero más ese olor a hospital que llena el lugar, quiero que mi mamá esté en su casa del barrio en el que vivimos, con los pisos de mármol y en las habitaciones de tapete para que estuviéramos calienticas, quiero comer pasta por la noche y que se empañen los vidrios de la cocina para que mi hermana y yo podamos pintar corazones con el dedo. Quiero que mi papá llegue y nos coja a besos, dejándonos impregnadas de olor a cigarrillo y aluminio, quiero tomarlo de sus manos grandes y sucias por ser tan trabajadoras.

No quiero preocuparme de nada, mucho menos de que no puedo sacar a mi mamá de este lugar para acostarla una tarde en mi cama mientras intento no soltarme de su mano como cuando era niña. Cuando la llevamos más de dos horas, tras las que deben aumentarle la dosis de medicamentos, llora sin parar, tiene delirios y paranoias, la han sujetado tan fuerte por sus muñecas que le dejan marcas y eso ha partido nuestro corazón. Ver la angustia en sus ojos, el terror de sentirse sola y atacada es más de lo que podemos soportar y lo peor es que no hay nada que podamos hacer.

Me senté a su lado y el asiento de cemento se sentía helado, le tomé la mano y la saludé susurrándole al oído. Me miró buscándome, tenía dolor en el cuello y le costaba girar la cabeza. Logró encontrar mis ojos y sonrió genuinamente. No le solté la mano hasta que logré calentarlas y juntas recibimos el primer rayito de sol mientras sentíamos que nos descongelábamos. Estos rituales lo tienen a diario mi mamá y los otros alrededor de diez residentes del hogar. Una de las enfermeras pasó y le puso un sombrero de paja con cintas y flores que le regaló mi hermana, la miro y pienso que si no hubiera tenido Alzheimer nunca se hubiera puesto un sombrero como este, o el gorro de lana para dormir y que le apachurra el pelo, mucho menos sudadera ni tenis o chaquetas deportivas que no le combinan solo porque la resguardan bien del frío.

Se que mi hermana piensa que si la amara y extrañara tanto como digo la iría a visitar más seguido, pero cuando planeo una visita a su hogar que no está muy lejos de mi casa o del colegio de mis hijos, tengo síntomas de gripa, dolor en alguna o todas partes, cansancio extremo y creo que es una reacción de mi cuerpo ante mi mente que rechaza esta realidad. Es de esas cosas que no puedo cambiar, aunque me esfuerce, que simplemente están sucediendo y que no se van a detener, dolorosas para el cuerpo y para el alma y que no van a mejorar, tristemente por el contrario tienden a ser cada vez peor. Esta sensación es terrible, pero la contradicción que siento es que la vida me está preparando para la muerte de mi mamá que en parte ya sucedió, pero también mis ojos, mi cuerpo y la realidad me muestran que no ha sido así, que sigue aquí y viva, que puedo verla cuando puedo, pero al mismo tiempo esa que veo siento que ya no es mi mamá, a quien le cuesta pronunciar mi nombre, confunde quien soy y hasta duda haber dado a luz alguna vez.

Ahora mismo cuando estoy escribiendo esto es sábado, anoche tuve la celebración de fin de año de las empresas de mi hijo en donde fui la organizadora, pasamos la noche en el hotel en el que se realizó la recepción y hoy estamos desde las dos de la tarde en casa con nuestros hijos. Mi hermana se quedó con los niños y hoy en la mañana tuvo que regresar a su casa en el campo a unas dos horas de la ciudad en la que vivo. Desde ayer que vino para ultimar detalles de su noche con los niños, acordamos que mana en domingo visitaríamos a nuestra mamá, tal vez iríamos a almorzar las tres y pasar tiempo juntas, comprar ingredientes para hacer los refrigerios para la Novena que ofreceremos en el hogar el veintiuno y los síntomas no se hicieron esperar. No puedo identificar qué tanta carga emocional y física tienen estos síntomas, pero el dolor en todo el cuerpo y el escalofrío me dejaron más de tres horas sufriendo hasta que me tomé pastillas que mejoraron en algo los síntomas y claro, me senté a escribir que es la terapia y la medicina que más me ayuda cuando estoy así.

Mi hijo acaba de venir a mi habitación a despedirse, sostenía una caja de madera en sus manos que decía que era un tesoro, tomó una libreta en sus manos que tiene hojas gruesas de color negro y que cuando escribe pinta todo de color como un arcoíris. Me dijo que era una libreta mágica, le contesté que casi tanto como lo que hacía una sonrisa suya con mi corazón. Tiene una forma de sonreír que me llena el alma y me hace sentir tranquila. Estaba escribiendo, pero me detuve completamente para poner en él toda mi atención y sé que puede ver el dolor de mi corazón a través de mis ojos, porque haciendo como que leía algo escrito en su libreta mágica, me dijo que podía pedir tres deseos, aunque empezó diciendo, querida mamá, te amo mucho. No pude evitar llorar a cántaros mientras lo abrazaba y lo besaba y le decía que mi deseo es que todos tengamos salud y que seamos muy felices. Tenía abajo su cabecita y me retiré un poco porque pensé que le estaba haciendo daño y vi que estaba contando con sus deditos y me dijo que me faltaba un deseo, yo no podía dejar de llorar, mucho menos hablar, me dijo, yo te ayudo mami, si ya no sabes que pedir, di que tu mamá se cure y que ya no esté más así.

Y si Dios, solo tú y yo sabemos que me he alejado de ti en todas las formas posibles, pero sé que existes y aunque estoy segura que me dormiré y levantaré, saludaré a mi esposo y me quejaré de los dolores matutinos, besaré a mis hijos y prepararé desayuno para todos, me alistaré y visitaré a mi mamá con mi hermana y ella no será sana, en tu Nombre y sabiendo el dolor que tengo en mi corazón aguardo un rayito de esperanza Navideño de que en unos días que conmemoramos el nacimiento de tu adorado Hijo, hagas el milagro de que su mente esté sana y con la convicción que tienen los corazones de una niña que pide una muñeca y que sabe que se la regalarán pero no sus características, te pido que me sorprendas para dar testimonio de tu amor.

Espero contar más cuentos acerca de este milagro que quiero que suceda, para narrarles cómo fue que sucedió que después de pedir de corazón este humilde deseo, Dios le concedió a mi madre el regreso de la memoria, la restitución de sus sentidos y habilidades, ya nos conoce de nuevo a sus hijas y su familia y de nuevo regresa a su casa para ser totalmente autónoma e independiente tal como siempre fue, disfrutando de sus nietos y malcriándolos, para en un futuro muy lejano morir de vieja, dormida, mientras está soñando que mi papá la recibe al final del puente con un gran arcoíris en el horizonte.

Un cuento de navidad

Por Gloria Inés Vargas

Nunca había pensado en el amor ni en la remota posibilidad de un romance. Bueno, es que a mis escasos quince años todavía no se piensa en eso. Siempre pensé que todavía no era tiempo para el amor. No es que no hubiera chicos lindos a mi alrededor; el colegio estaba lleno de ellos, algunos muy galanes, pero en realidad ninguno me cautivó. Tal vez las palabras de mi madre causaban el efecto que ella deseaba.

—Lina, primero el estudio. La época para el noviazgo es después de los dieciocho —decía mi madre a menudo.

Pero aquella Navidad fue diferente de las demás. Mi corazón estaba lleno de grandes expectativas. De pronto, sentí en mi alma la nostalgia por esas lindas fechas y la tristeza de un año escolar que termina, lleno de ensueños y alegrías. Las risas de mis amigos se confundían con los melodiosos villancicos y hacían crecer en el alma nuevos augurios para el nuevo año escolar que pronto empezaría.

Como representante académica, propuse una reunión con alumnos de otros grados para hacer decoraciones navideñas en el colegio y disfrutar de las últimas semanas de clases. Mi propuesta fue todo un éxito. Incluso el director se unió a nosotros y propuso ideas sobre la elaboración de maquetas resaltadas con colores navideños, y nos ayudó a organizarnos en grupos de trabajo. Fue allí donde conocí a Felipe.

Sucedió durante la primera reunión con los representantes de las tres jornadas. El chico solo se limitó a seguirme con sus profundos ojos y una sonrisa dulcificada que me impactó.

—¿Cómo no te había visto antes? —pregunté al desviar la atención de su penetrante mirada.

—Porque soy de la otra jornada —contestó con un poco de timidez.

Me sentí una imbécil. Debí suponer que no lo había visto antes, o tal vez era algo en sus ojos que no me permitía concentrarme.

—¿Qué grado representas? —pregunté para cambiar el tema de la conversación.

—Décimo —dijo con una gran sonrisa que dejó ver su dentadura muy bien cuidada.

—Qué bien —contesté tratando de cortar la conversación.

A partir de ese momento, decidí ignorarlo. Me alejé hacia otro grupo de jóvenes y empecé a dialogar con ellos sobre la forma en que decoraríamos el colegio con elementos propios del reciclaje. Él esperó pacientemente a que lo tuviera en cuenta, pero no lo hice. Cuando quedamos solos, me abordó con descaro.

—Aunque no me creas, soy tu admirador secreto —dijo en un acto final de desesperación. Era evidente que él también sufría por mi actitud fría.

Me quedé paralizada por la sorpresa que me causaron sus palabras. Él se aprovechó del momento para tomar mi mano. No sé de dónde sacó el valor para coquetearme, o tal vez no me fijé en que era uno de esos gallinazos empedernidos de los últimos cursos. Retiré mi mano de forma brusca. En realidad, no sabía qué responder, pero mi silencio solo sirvió para que él sacara a relucir sus dotes conquistadoras.

—No es solo tu inteligencia sino tu belleza —dijo y sus dedos se deslizaron por un mechón de mi cabello.

Me sentí incomoda y me alejé de su presencia, me parecía un joven demasiado lanzado y eso me ponía de mal genio, porque no pensaba ser presa fácil de su astucia; me dirigí a casa, necesitaba el refugio de mi habitación y pensar mejor en el paso que iba a dar.

En realidad, no fui ajena a aquel momento, mientras caminaba, pensaba en sus palabras, en el contacto con su piel y sentí cosquillas en el corazón, hice un esfuerzo por olvidar su intromisión, pero solo fue por pocas horas, porque al día siguiente, debía empezar mi trabajo junto a él

Por alguna razón que aun no entiendo, empecé a sentir que su compañía me llenaba de dicha y reconfortaba mi espíritu, se volvió tan imprescindible, que sentía que solo quería estar a su lado, a tal punto que nuestro trabajo se convirtió en un verdadero reto, cada día nos exigíamos más y más. En una ocasión, él rompió el hielo, que había durado inviolable por días.

—Lina, dame un beso —imploró mientras sus ojos bailaban inquietos,

Era la primera vez que un chico, me pedía algo tan perturbador no era la emoción, sino el miedo por tocar un terreno hasta ahora desconocido, debí balbucear unas silabas incoherentes que nunca tomo en cuenta.

—No, no. —insistí.

No me dio tiempo de terminar la frase, porque sus labios aprisionaron los míos; sentí la suavidad de su boca, como una exquisita fruta que quería exprimir, sentí el calor de su cuerpo que me llenaba de emociones, hasta ahora desconocidas. De nuevo me sentí incomoda y me marché a casa sin despedirme, era obvio que aquellas circunstancias me ponían en una situación vulnerable, que no sabía cómo manejar; en mi mente se grabó aquel primer beso, nunca se lo dije, pero fue el momento más maravilloso de mi vida.

Al día siguiente fue mi amiga Teresa la que me espero más temprano que de costumbre a la entrada del colegio, apenas me vio me abordo con una serie de preguntas, tal vez porque sospechaba que entre Felipe y yo había algo más que una simple relación de trabajo; estaba inquieta y necesitaba corroborar su hipótesis, sobre el extraño comportamiento de Felipe.

—No me vas a creer, llego temprano y mira, él solo término la instalación del árbol navideño —dijo al apuntar en dirección al pasillo.

Trate de disimular mi perturbación, porque en el fondo sabía a qué se debía esa felicidad por obtener el éxito en aquel proyecto, en realidad parecía otro chico, trabajaba con vivo interés, estaba pendiente hasta de los mínimos detalles y alentaba a los demás a entregar las manualidades a tiempo.

Felipe era diferente a todos los chicos que conocí y logro entrar en mi corazón de una forma directa; a partir de ese momento, estuvo presente en mi mente, ya no tuvo que robar besos porque se los daba en cantidad, era un amor platónico, contagiado por la dulzura de un amor de adolescentes insaciables, que juegan al amor verdadero. Después de una semana de trabajos duros, el colegio lucio hermoso, durante las horas de descanso, salía a merodear por los otros salones y veía cómo se levantaban las guirnaldas fluorescentes, las campanillas y los bastones. Fue la mejor navidad de toda mi vida y la más larga.

Después de la clausura del año escolar me negaba a abandonar el recinto, me bastaba con acudir en los días posteriores, a observar desde la vía pública, algunos adornos navideños perdidos, en el austero silencio, de los salones abandonados, pero en nuestros corazones el espíritu de la navidad no murió, por el contrario, nos unió durante los doce meses siguientes del nuevo año, permanecimos juntos, nos ayudamos de manera mutua con las tareas escolares, como si realizara otro proyecto navideño.

La navidad siguiente no fue igual. Llegó en medio del pánico que causaba el incierto futuro de nuestra relación. Felipe se graduó con honores y sus padres le anunciaron que debía trasladarse a la capital para continuar con sus estudios universitarios. La noticia llegó como una ráfaga de agua helada. La decisión de sus padres fue rotunda y no tuve otra opción que apoyarlos. Le di ánimos cuando intentó negarse a continuar sus estudios, a pesar de las lágrimas que derramé. Siempre estuve de acuerdo. Era mi más ferviente deseo que Felipe tuviera un destino exitoso en el plano laboral.

Cada año lo esperé ansiosa, pero bien dice el dicho: "Amor de lejos, amor de pendejos". Ahora él es diferente. La ciudad lo cambió mucho. Ya no se acuerda de nuestro romance navideño ni de las promesas de amor en el aula de clases ni de las notas escritas con emoción en trozos de papel. El año pasado vino con su nueva novia, y es muy bonita. Algún día me pregunté si también le hacía esas fervientes promesas a ella, como una vez me las hizo a mí. Tal vez las chicas de la ciudad son diferentes a las mujeres del pueblo. Tal vez no creen en promesas vanas como yo lo hice. También pienso continuar mis estudios en otra ciudad, pero siempre llevaré en mi mente los recuerdos de mi primer amor, de las primeras promesas que llenaron mi alma y mis sentidos de la mejor navidad y la más larga que he tenido en toda mi vida.

Navidad para recordar

Por Elizabeth Vega

—Dime, Claudia, ¿estás completamente segura de querer hacerlo? —pregunta Lucy.

Aún no pueden creer que Claudia, la chica más asustadiza y tímida que han conocido, se atreva a hacer un viaje que implica atravesar siete ciudades. Permanecer en un autobús por más de cinco horas, rodeada de completos desconocidos, e ir a un lugar que solo conoce en fotos.

Sus amigas intentaban comprender bien, querían estar seguras de que no se iba a arrepentir, porque, si a todo lo anterior le sumaban el hecho de que era Navidad, la idea de un posible cambio de opinión no estaba del todo fuera de lugar. Pero lo que realmente les preocupaba era que, si hiciera el viaje y llegara a su destino, pero en la noche buena se sintiera tan sola sin su madre, ya que sería la primera vez que se iba a separar de ella, a pesar de que el próximo año sería su último año de escuela y tendría que ir a la universidad, al igual que todas sus amigas.

—Será una forma de ponerme a prueba —respondió, tratando de sonar convincente, aunque estuviera muriendo de los nervios—. Cuando esté en la universidad, tendré que ir sola.

Su respuesta dio algo de tranquilidad a todo el grupo, la vieron decidida y eso las hizo sentir orgullosas de ella.

—Es una hazaña de valientes —la anima Isabel. Trantado de mantenerle los ánimos arriba.

Porque a pesar de que se le ve feliz y emocionada por el viaje, también se le nota aunque se esfuerce por ocultarlo inquietante que le resulta todo el asunto.

—Al principio, mi padre ha dicho que no —comenta Claudia, en lo que toma un sorbo de su refresco—. Pero mi tía lo ha arreglado todo. Y le ha prometido cuidarme bien, estará esperando en la terminal de autobuses.

Se emociona por momentos, pero luego se le opaca por la incertidumbre de pasar una navidad lejos de casa, sin su madre, sin sus amigas.

—Entonces, ¿estarás bien? —interroga Vanesa en coz firme.

—No te acerques a nadie en autobús —le advierte Camila.

—Me preocupa mucho, extrañarlas en navidad —deja salir con melancolía.

Las chicas se miran entre ellas. Buscan palabras para que Claudia este segura de lo que va a hacer y no se eche para atrás.

—Es obvio que vas a extrañar muchas cosas —Isabel recibe una mirada fulminante de Lucy, ella se encoge de hombres y continua—. Pero es normal, es la primera vez que sales del pueblo, la primera navidad en otro lugar y la primera sin tu mamá. Pero debes sacudirte la pena y diviértete. Disfruta el viaje.

Claudia mira a Isabel con ternura, le pone la mano en el vientre y flota cuidadosamente la palma sobre su prominente barriga y suspira con pesar. A penas si se ha dado cuenta de lo que le causa mayor preocupación.

—Si llegas a dar a luz, no te perdonare —dice Claudia seria.

—No te preocupes —Isabel le sonríe—. Se quedará adentro hasta que regreses.

—Como si pudiéramos evitar que salga —deja salir Camila, entre risas—: una vez que el pequeño Navi se decida. Nada va a detenerlo.

Una oleada de risas, se esparce por toda la habitación.

Después de un rato animando a Claudia en su casa, y evitar que no se deprima antes de irse o desistas de ir a su viaje. Las chicas salen de la casa de Claudia, se separan para regresar cada una a la suya.

Lucy regresa con Camila, la han dejado pasar la noche con su amiga. Aunque nunca lo ha dicho en voz alta, Lucy no siente el espíritu de la navidad, ese del que escucha hablar cada año a diferencia de sus amigas, siente que esta época es deprimente, es una época que ella desearía que pasara de una forma fugaz, pero no es así, por alguna razón, en esta fecha encuentra los días más largos, una vez pensó que era un castigo, por pasar todo el año deseando que no llegue diciembre.

Cuando se ve en frente de la casa de Camila, la navidad desborda en cada ladrillo, desde la puerta, hasta el techo, toda la casa esta contorneada con luces navideñas, en la puerta reposa una corona de ramas de pino, la han decorado con piñas y hojas acebo. Desde ahí alcanza a ver la suya, ya que está en la misma calle, suspira de vergüenza al ver lo apagada que se ve su casa, al lado de las otras.

Es la única casa en toda la calle que no tiene luces, nada, absolutamente nada de navidad, más que el muñeco de nieve que hizo este año en la escuela, con bolas de Icopor,

Sigue a Camila hasta el interior de la casa y es aún más llamativo por dentro, hay más adornos navideños que tiempo para apreciar todo, se pregunta cuantos días se tardan en poner todo eso, el árbol tan imponente, está al lado de una ventana, decorado en tonos dorados y rojos, bastones de menta, bolas, listones, hay de todo. Incluida la infaltable estrella en la punta.

El aire está impregnado de muchos olores deliciosos, pero el que más se destaca es el de jengibre, aspira una bocanada de aire, están horneando galletas.

Un sentimiento de pena y tristeza le apretujan en el pecho. Siente lastima de ella misma. —¿Por qué su casa no puede verse así? — Se pregunta.

A diferencia de la casa de Camila, la de Lucy, se ve apagada, es como un parche oscuro entre todas esas casas iluminadas, es tan sombría. La sala se ve sosa, vacía, sin árbol, luces o muérdagos, es tan… sin vida, por eso siempre pasa la mayor parte del tiempo en cada de sus amigas, hasta que sus padres notan su ausencia excesiva y se lo impiden.

Esa es la razón por la que ella no ha desarrollado un gusto por la navidad, así como sus amigas.

—¡Niñas! —dice la madre de Camila, desde la cocina—. Lávense las manos —ordena— Vamos a comer.

Durante la cena, Lucy no deja hacer comparaciones, se cuestiona lo diferente que son sus padres a los de Camila, y no es que ella no sea feliz en su casa o que no quiera a sus padres, simplemente no entiende, porque no hay navidad en su casa. sus padres no le dan importancia como en las otras familias.

***

Muy temprano en la mañana, Vanesa es despertada por un toque en la puerta de su habitación. Antes que pueda reaccionar, su abuela entra con leche caliente y galletas. A pesar de que su madre nunca le ha mostrado ningún tipo de interés o afecto, es completamente feliz, sus abuelos la han criado como si hubiera nacido de ellos. Por eso, no puede sentirse más agradecida con la mujer que la trajo al mundo, porque no pudo dejarla en otro lugar mejor, y no se imagina como seria sin su abuela.

— ¡Abuela! —dice aun somnolienta—. Aún tengo sueño —se frota lo ojos.

La abuela deja la bandeja en la mesa, a un lado de la puerta y se sienta en la cama, la mira con detenimiento.

— ¿Por qué eres tan fea cuando te despiertas? —dice burlona.

—¡Abuela! —bufa antes de esconderse debajo de las sábanas.

—Está bien, lo siento —se disculpa entre risas, mientras intenta hacerla salir de las sábanas— Eres la nieta más hermosa de todo este mundo.

Sus abuelos la han hecho una niña consentida. Sale de las sábanas y se pega a la abuela, abrazándola por las caderas. La abuela le acaricia la cabeza.

Una vez que la abuela sale de su habitación. Vanesa se alista para reunirse con sus amigas.

Baja las escaleras a gran velocidad, pero antes de que pueda salir de la casa su abuela le detiene.

— ¿A dónde vas?

—A casa de Claudia —responde agitada, por la carrera que hizo al bajar las escaleras—. Se ira con su tía mañana, pasaremos el rato.

—¿Puedes venir un momento?

Vanesa la sigue hasta la cocina sin chistar.

—Ha llamado tu madre —Vanesa voltea los ojos con desagrado—. Dijo que vendrá para la Navidad, traerá a tu hermano.

—Abuela…

—Solo te digo para que no te sorprendas mucho.

—No te ilusiones abuela, no será la primera vez que nos deja esperando —dice sin mostrar ningún resentimiento, hasta podría pensar que le da igual.

—Solo quiero que tengas una navidad agradable.

—Como siempre —rodea la mesa para llegar hasta su abuela, la braza como suele hacerlo, por la cintura—. Te tengo a ti, al abuelo y la tía Diana, no necesito a nadie más.

La abuela le sonríe y la abraza de vuelta. Siempre ha sentido preocupación por Vanesa, sobre sus sentimientos hacia su madre.

—además, —continua—. Tengo amigas, a las cuales voy a ir a ver ahora.

Besa a la abuela y sale de la casa.

***

—Entonces, Tomy —dice Claudia— ¿insiste en que vivas con él?

—¿en su casa? —pregunta Lucy— ¿con sus padres?

—Eso sí que esta de locos —replica Vanesa.

—Mi padre dice que no le peso —afirma Isabel—, que ni loco dejara que yo o su nieto salgamos de la casa. Aparte dice, que somos demasiado jóvenes, entonces como nos vamos a mantener. Le preocupa que podamos pasar necesidad y yo tampoco me quiero irme.

—Que fortuna tener un padre como ese —dice Lucy aplaudiendo sutilmente.

—Bueno, soy su única hija —dice Isabel, orgullosa—. Además, mi padre es genial.

La primera vez que Isabel vio decepción en la cara de su padre, fue el día que se enteró que estaba embarazada, hizo un escándalo que hasta ella se asustó de la reacción de su padre. Ha sabido mantener la compostura. Aún sigue hablándole poco.

— Y rico —continua Vanesa.

Los padres de Isabel son profesores, su mama enseña en la escuela secundaria y su padre enseña leyes en la universidad.

—Y súper inteligente —afirma Camila

—Y romántico —explica Lucy— Le llevo rosas a su esposa en su aniversario. En pleno salón de clases.

—Y atractivo —Puntualiza Claudia.

Las chicas sueltan una carcajada.

— ¡Oye! Es mi padre —dice Isabel fingiendo molestarse—. Deberías terminar de empacar.

—Ya lo hice —responde Claudia—. Solo son dos semanas, tampoco es que haya mucho que empacar. Además, llevare poco y regresare con mucho.

Saben bien a lo que se refiere, por lo que las risas no se hacen esperar por lo descarada y pretenciosa que es.

—¡Que chica tan astuta! —afirma Lucy con falsa sorpresa. Ocasionando intensificar las carcajadas de sus amigas.

Se conocen bien la una a la otra, están juntas casi desde siempre, van a la misma escuela, comparten casi todas las clases y viven en la misma cuadra. Es solo cuestión de cruzar la calle o pasar de un patio al otro. Tiene una sólida amistan que, aunque no es perfecta, cuando hay discusión saben resolverlo.

***

No todas las chicas suelen tener una tradicional cena navideña, pero la Casa de Vanesa es una de esas que mantienen esa tradición, por ser una cena que conlleva muchos preparativos, todos deben ayudar, aunque la abuela es la que hace la mayor parte del trabajo, Diana y su sobrina deben hacer el trabajo de asistentes de cocina, por lo que han pasado toda la mañana picando y pelando verduras y vegetales.

Entre risas y bromas pasan la mañana, solo hasta que el sonido del timbre se esparce por la sala, Vanesa corre a abrir, esperando encontrarse con Lucy, quien ha quedado en venirlas a ayudar, entre otras cosas, porque en su casa no hacen gran cosa para la cena, más que lo habitual. Así que ella no es que tenga mucho que hacer.

Pero al abrir, una señora que no pasa de los 35 años con una maleta de un lado y un niño 10 años menor que Vanesa esperan en la entrada.

—¡Mamá! —exclama con sorpresa.

Al escucharla Diana, sale a confirmar lo que acaba de escuchar.

—¡Dayana! —deja salir emocionada.

—Te has acordado de la casa —dice Vanesa. Fingiendo no estar emocionada por ver a su madre, aunque aparenta que no le importa la mayor parte del tiempo.

Dayana le regala una sonrisa lánguida, y entra a la casa, dándole un golpecito en el hombro una vez que pasa a su lado. El niño, al que llaman Juan, se le cuelga en la cintura, es tan pequeño, aunque casi no ha interactuado con él, Vanesa es genuinamente cariñosa y amable con su hermano.

***

Lucy no tiene una cena como en casa de sus amigas, es una comida corriente pero no se sorprende, ni se moletas, ya se ha acostumbrado a ella, así como se acostumbró a que todas sus amigas de forma inconsciente le presuman sus regalos a la siguiente mañana, cuando ella no recibe nada. Guarda silencio y lo soporta. Aunque le gustaría recibir algo, un obsequio por una vez, pero hace mucho dejo de esperar. La economía en su casa no les permite ciertas cosas. Tal vez a eso se le deba la falta de "espíritu navideño".

Cuando terminan de cenar, se va a la casa de Camila que la ha llamado con urgencia. Antes de salir, su madre le advierte que no debe tardarse, pues deben irse para la casa de su abuela, Lucy asiente y sale de la casa.

Camila se encuentra sentada con un chico, que solo logra reconocer cuando se acerca. —¡Roberto!— el chico que termino la escuela el año anterior, y se ha ido a la universidad —Que hace en casa de Camila— se pregunta a sí misma.

Camila se encoge de hombros al ver que Lucy la mira sin entender lo que pasa.

—Mira que hay viene Lucy —finge sorpresa, para que el chico no sepa que ella ha llamado a su amiga, porque no quiere estar a solas con el —La recuerdas, ¿verdad?

—Claro —voltea ver a Lucy, pero pone una cara de no agradarle mucho la llegada de ella.

Camila ignora al chico y la jalonea del brazo pare hacerla que se siente a su lado.

No recuerda haber tenido una relación cercana a este chico, si alguna vez cruzaron algún saludo seria de pura casualidad, pero él se presentó en su casa como si fueran grandes amigos, pensó que se iría pronto, después de un simple saludo, pero se quedó una hora, dos horas, hablando de historias pasadas, de cómo es la universidad, de cómo la veía en cada descanso en el instituto, como quería acercarse a ella pero no se atrevió, se sentía intimidado por Isabel y Claudia, que son las chicas con el carácter más fuerte de las cinco.

Entonces el chico estaba atraído por ella.

Tan pronto como se dio cuenta que el chico insistía en quedarse, llamó a Lucy, después de que su padre mostró cuan molesto estaba por la presencia del chico.

—¡Camila! —le habló su padre asomando el rostro solo por una ventana—. Ven, que tengo que hablarte.

Ella sin atreverse a objetar nada, el tono de su padre no era el más amable. Entró, dejando Roberto sentado solo en la terraza de la casa, en los escalones que dan a la puerta.

—¿A qué hora es que se va tu amiguito? —pregunta su padre con seriedad, tenía un rostro intimidante.

—Pues que se yo —le respondió—. Que ni si quiera sé que ha venido a buscar.

—Te doy 15 minutos, para que lo envíes a su casa.

Después de que Isabel saliera embarazada, todos los padres se han vuelto aún más estrictos y controladores, en el caso de Camila, su padre si pudiera, la enviaría a un convento. Pero su esposa lo enviaría a él al ejército. Isabel ocasionó que todas estuvieran bajo estricto control, pues, su embarazo conmocionó a todos, y todas fueron culpadas por la situación, porque ninguna de ellas dijo que estaba en ese tipo de relación.

Por eso al ver la expresión de su padre, sabía que la cosa era seria, por eso llamó refuerzos, llamó a Lucy para que la ayudara a deshacerse del intruso.

Vieron la oportunidad cuando su madre la llamó para cenar.

—Creo que ya debes irte —le dijo Lucy, intentando no sonar tan grosera.

—Sí —siguió Camila—, es que mi madre ya ha servido la cena y si no voy se molestará.

—Pero no me molestaría cenar aquí —dijo, sin un ápice de vergüenza.

Las chicas se vieron las caras, tratando de encontrar lo que estaba mal con él, era descarado al auto invitarse a una cena de navidad que se supone es familiar y entre amigos cercanos.

La madre de Camila salió a ver porque tardaba tanto.

— ¡Ah! Lucy —dijo— No sabía que vendrías ¿Te quedas a cenar?

—No, mamá me espera para ir a casa de mis abuelos —respondió en negativa— Solo paso por natilla —expresó con una sonrisa prominente—. Que ya se me agua la boca.

La mamá de Camila soltó una carcajada, sabía lo golosa que era Lucy y lo mucho que le gustan los buñuelos y la natilla de navidad. Esa es la única cosa de navidad que encuentra en su casa, su mamá se la hace cada año, mejor dicho, cada vez que puede, Lucy ve una oportunidad en cada ocasión para poder comer natilla con pasas, y su madre no se contiene al complacerla.

—Pero si ya tu mamá te hizo una —le respondió.

—Pero es que esa ya me la he comido —dice ella—. Además, no es la misma que la tuya.

—Come un poco con nosotros antes de irte —le insistió con cariño—. También le enviare un poco a tu madre. Me has ahorrado el viaje hasta allá.

—Es que vivimos tan lejos —dijo Camila en burla.

—Pues yo si me quedo a cenar —dijo Roberto, atrayendo la atención a él—. No tengo otro lugar a donde ir.

Camila miró a su madre, la cual sonrió por lo que estaba pasando.

Durante la cena, el chico no dejaba de hablar de su carrera universitaria, de lo inteligente que era y de cuan orgullosos están sus padres.

El papa de Camila, no dejaba de mirarla, el enfado le brotaba por los ojos, y ella solo se limitaba a bostezar del aburrimiento, su madre miraba burlona la escena al igual que Lucy, quien tuvo que llamar a su madre, para pedirle permiso de quedarse un poco más. Y es que eso era una locura que valía la pena ver.

Camila le sacaba el cuerpo al chico, quien no decía nada que a ella le interesara escuchar, no dejaba de hablar de sí mismo. Era el primer enamorado que tenía en toda su vida, y resulto ser un desquiciado. Por más que intentaba ignorarlo, el chico seguía ahí, parloteando, después de la cena todos pensaron que se iría a casa. pero no fue así.

Se quedó sentado en los escalones de la entrada, mientras Lucy se iba a su casa, donde la esperaban sus padres.

El padre de Camila se asomaba por la ventana cada media hora, pero el chico seguía ahí, sin ninguna intención de irse, entonces, sin importarle pasar por mal educado, apagó todas las luces de la casa, dejando la terraza en total oscuridad.

—Es hora de dormir, Camila —dijo desde la sala oscura.

Ella en lugar de sentirse avergonzada. No pudo estar más agradecida.

—Debo entrar ya —le dijo la chica y se apresuró a entrar a la casa.

El chico que hasta ese momento parecía ignorar todo desplante, no tuvo más remedio que irse, pero antes dejando claro que estaría de regreso al día siguiente.

—Mañana volveré —gritó el chico antes de irse.

***

Pero Camila no era la única con un romance de navidad. En la casa de Vanesa pasaba algo similar, avanzada la noche escucharon una serenata romántica, un hombre con una voz que no se podía negar, era lo bastante buena para llamar la atención, cantaba sin instrumentos, lo que ayudaba a apreciar mejor la voz.

Vanesa y su familia salieron a ver, pensando que era el vecino, pero para su sorpresa, la persona estaba justo frente a su casa.

Diana, la tía de Vanesa, reconoció al sujeto, frecuentaba la tienda donde ella trabaja, la última semana, había hablado esporádicamente con él, pero nunca intimaron lo suficiente como para que este parado frente a su casa, en compañía de un amigo, cantando a todo pulmón una de sus canciones favoritas.

Como supo que esa era su canción favorita.

Tenía un ramo de flores en la mano y era más que obvio que estaba algo tomado, el olor a alcohol le pegó fuerte a Diana, cuando se le acercó a darle las flores, le dio una sonrisa picaresca, debió tomar porque era la única forma en la que podía tener el suficiente coraje para ir a cantar a una casa sin acompañantes de instrumento.

Después de que cantó y le dio las flores a Diana se marchó.

Pero la sorpresa no terminó ahí. A la mañana siguiente, los gritos y mal humor de su padre despertaron a todos, incluyendo a Vanesa que tenía el sueño pesado.

—Vas a lavar la calle —ordenó con contundencia—. Y lo vas a hacer ahora, antes de que más vecinos se den cuenta.

—¿Qué pasa abuelo? —preguntó Vanesa, confundida, al igual que estaban todos, Diana se encogió de hombres en señal de que no sabía nada de lo que su papá se estaba quejando.

Pero cuando salieron, pudieron ver el motivo del enfado del abuelo,

"Te amo Diana"

Decía en letras rojas, que fueron escritas con pintura en aerosol, en el pavimento.

—Eso, no será fácil de quitar, papá —dijo Diana, compadeciéndose a sí misma.

Vanesa no pudo dejar de reír, sacó su teléfono y le tomó una foto y video a la escena, que incluía la cara bochornosa de Diana, y la envió a sus amigas, que no tardaron en aparecer para ver lo ocurrido de primera mano.

Todas las chicas, excepto Isabel, quien a pesar de vivir a solo dos casas de Vanesa no apareció, lo cual fue extraño porque tampoco respondió ninguna llamada o mensaje, la vieron la mañana anterior. Pero no se sentía bien, decía que le dolía la panza. Sin embargo, su madre dijo que era normal y por eso no le dieron mucha importancia. Acordaron ir a verla después de pasar por la casa de Vanesa.

Diana estaba tan desesperada frotando el pavimento con detergente y quita manchas de tela que las chicas se compadecieron de ella e intentaron ayudarla. Aunque todas sabían que era una tarea perdida porque el aerosol tardaría meses en quitarse. El abuelo estaba tan avergonzado que hablaba hasta por los codos. Después de fregar sin resultado durante una hora, decidieron relajarse. La abuela las llamó para el desayuno: buñuelos con chocolate caliente.

Pero justo cuando estaban a punto de dar el primer bocado, recibieron un mensaje en el chat grupal informándoles que Isabel había pasado toda la noche en el hospital. El pequeño Navi quería ver el mundo. Sin perder más tiempo, Vanesa, Camila y Lucy se fueron rápidamente hacia el hospital. Cuando llegaron, Isabel estaba siendo sometida a una cesárea. Tuvieron que esperar varias horas para poder verla a ella y al bebé que se suponía llegaría en enero, pero que no quiso esperar más tiempo.

Después de que Isabel estuvo bien instalada en su habitación, su madre les permitió a las chicas entrar. Se reunieron alrededor de ella, pero ninguna se atrevió a cargar al pequeño Navi. Le insistieron a Lucy que lo hiciera ella primero, pero temía lastimarlo. Ninguna de ellas había tenido a un bebé tan pequeño entre sus brazos.

La madre de Isabel de pidió a Lucy que se sentara en un sofá que estaba dentro de la habitación, ella obedeció, le acercó al pequeño y lo acomodo entre los brazos de Lucy,

—Tal vez, aun no lo sepas —le dijo la mamá de Isabel—. Es tu regalo de navidad.

— ¿Qué? —preguntó Lucy, sin entender nada.

Miró a las chicas quienes la observaban con un sonrisa cómplice.

— Sabesmos que nunca recibes nada y nos sentimos culpables por recibir obsequios cuando tú no tienes nada que mostrarnos — dijo Camila con un hilo de voz.

— Queremos darte no solo un sobrino — expresó Isabel — también queremos que recibas a un ahijado.

— ¡En serio! — exclamó Lucy, con los ojos aguados de sentimiento.

— Serás la madrina de Navi — dijo la mamá de Isabel, complacida.

Lucy no pudo contener las lágrimas de dicha que le ocasionaba tal noticia. Las chicas se acercaron a ella y, después de que la mamá de Isabel sostuviera al pequeño Navi, se dieron un abrazo cómplice e íntimo. Fue un abrazo que dejó ver la verdadera amistad y fortaleció cualquier vínculo.

***

Después de que Vanesa estuvo un rato en la casa de Isabel, tuvo que volver a la suya. Su madre la esperaba para despedirse. Aunque expresaba con palabras que le daba igual la presencia de su madre, lo cierto era que consideraba esa una de sus Navidades más felices y completas, gracias a todo lo que había ocurrido: el viaje de Claudia, el enamorado de Camila, la declaración de su tía, la visita de su madre, los ratos con su hermano, el nacimiento de Navi y el regalo de Lucy.

Su madre la esperaba en la sala, tenía una caja envuelta sobre la mesa.

— No has abierto mi regalo — dijo una vez que la vio entrar.

— Me vas a dar algo — respondió de vuelta, era muy buena escondiendo sus sentimientos.

Se acercó a la mesa y abrió la caja. Una muñeca de porcelana estaba dentro. Ella ocultó una sonrisa amplia.

— ¿No crees que ya estoy grande para estas cosas? — dijo tratando de sonar cruel, pero la verdad es que por dentro saltaba de la felicidad. Era el primer regalo que su madre le daba.

— Puedes tirarlo — dijo su madre.

— Qué desperdicio, lo conservaré — dijo con una sonrisa y corrió a su habitación para poder disfrutar el momento único en el que su madre le daba un obsequio, el primero en toda su existencia.

Cada Navidad es diferente, pero sin duda esa fue la más extraordinaria de todas. Tal vez, hasta el próximo año. Quién sabe. Esperemos a ver.

Navidad en tiempos de verano

Por Bertha Piedad González Lastra

Después de mi cumpleaños, llegó el 13 de junio de 2022, cuando visité a Pedro Nel. Los abrazos venían e iban con todos, menos con él. Subí las escaleras y cuando lo vi, mi voz se quebró y mis ojos se llenaron de lágrimas. Al saludarlo, él me dijo: "No llores, todo está bien". Yo simplemente lo saludé, le pregunté y lo aturdí con mi voz diciendo "gelatina de mandarina". Cuando le pregunté quién era yo, su respuesta inesperada fue: "Hola Doctora". En la sabiduría infinita de lo más profundo de su corazón, entendía y sentía que estaba siendo visitado por médicos terrenales y del cielo, pero yo simplemente soy su hermana terrenal. Mis ojos por tercera vez se llenaron de lágrimas que se congelaron pensando en el diciembre en el que él no estaría en cuerpo y mi mente voló en el trineo de Papá Noel para traer el regalo de amor, ya que sentí que estaba viviendo lo que serían sus últimas horas de vida.

La magia de la Navidad y el Año Nuevo se vivió en junio 13 y 14, pues no hay fecha cuando hay amor. No hay fecha de celebración cuando tu corazón vibra en el espíritu que sembraste con tus padres, hermanos y familia en cada Navidad, porque la Navidad y el Año Nuevo también pueden ser en la época de verano. Ese momento sublime de vida simplemente fue tener el cielo en la tierra, fue tener los pastores, la Virgen, Jesús, San José, Dios, los Arcángeles, los Ángeles, el Espíritu Santo y los Reyes Magos alrededor de la cama de Pedro. Ese fue su pesebre para renacer a una nueva vida eterna, sonando las campanas de gloria cuando trascendió a las 2:26 del 14 de junio.

Navidad en verano significó escuchar con él y ver el movimiento de sus labios mientras sonaba la canción de nuestra infancia. Por gracia de Dios, días antes había estado en una reunión y grabé la canción en mi teléfono, cosa que no hago normalmente. Pero el espíritu de la Navidad de verano actuó en lo profundo de mi alma y al volver, quedó grabado en lo profundo de mi mente y ser. Navidad en verano significó hacerle masajes en los pies y las piernas, invitarlo a descansar de ese cuerpo enfermo y mirar hacia la luz adelante, donde Dios, papá, mamá y Jesucristo lo esperaban. Navidad en verano fue estar con él conversando y consintiendo como lo hicieron Flaco, Gordo, Juan, Sebastián, Laura, Sandra, Ma Pilar y todos los que llegaron allí.

Navidad en verano fue en esa cama, a su lado, cogiendo sus manos y hablándole al oído. Fue sentir que el ángel de la guarda llegó en la luz del amor y bendición. Que la Virgen, con su sabiduría infinita y paciencia, nos regaló la fe, la esperanza, la caridad y el don de la oración para acompañar ese misterio sublime que, en la misericordia de Dios, entendemos que regresa al ser amado a la eternidad.

No puedo decir que hay invierno en mi corazón. No, hay calor de esa luz de amor, calor de la luz de esperanza, calor de paz, armonía y serenidad que Pedrito nos enseñó. Pedrito nos enseñó a estar en el aquí y el ahora para vivir en la abundancia del corazón. Y, por supuesto, para este diciembre, calentar el alma con la llamada, el mensaje, la visita, la sonrisa de cada uno de los que estábamos con él. Y, en su honor, celebrar que nos permitió adelantar la Navidad en junio, porque no son regalos físicos, son regalos del alma.

La Navidad en verano, con Sandra, nos permitió regalarle canciones de amor y paz, colores de esperanza hacia la eternidad. Regalarle miradas llenas de gratitud, escondiendo el dolor. Regalarle palabras y secretos de amor, siendo prudentes en el hablar y actuar, porque estaba cerca de empezar un camino entre lirios para llegar a la paz eterna. Porque Dios nos enseñó a amar su voluntad.

La Navidad en diciembre se acerca y sé que será diferente sin Pedro. El solo pensamiento de contar los días hasta el 31 de diciembre puede ser abrumador. Por eso, he decidido que mi Navidad y Año Nuevo fueron en ese verano de junio que viví junto a él. Aceptamos y honramos la voluntad de Dios y en oración con el niño Jesús, damos gracias por la vida de Pedro, por sus enseñanzas y por los brindis que hicimos, entendiendo que cada año que celebrábamos era entregarnos al amor y la esperanza.

La Navidad en verano no tuvo regalos físicos, solo expresiones desde el corazón. Regalamos luz y expresamos amor con palabras. Los chicos se unieron en un círculo y sentimos la fuerza del amor no solo para su alma, sino también para todos y cada uno de nosotros, porque al estar unidos en oración y alrededor de la luz y el amor, éramos todos para él y todos para cada uno. Este es el mejor regalo de Navidad en verano que he podido vivir, recibir y regalar. Porque de eso se trata la Navidad, dar y recibir amor.

Hoy, desde mi conciencia e inconsciencia, escribo, lloro, recuerdo, rindo tributo y honro la memoria y enseñanzas de Pedro. Danzo con el sol y la lluvia, veo magia en cada momento de la vida. Siento mis raíces más fuertes y me siento como las flores en verano que no permiten que la tristeza ni el enojo las marchiten por la ausencia de Pedro. Bailemos juntos por los que no están y conectémonos a través de la Luz dorada y las alas rosadas del amor para que nuestra cadena sea fuerte en la tierra y podamos regalar rayitos de Fuente Divina en el amor a quienes viven un diciembre sin su ser amado, para que acepten que cada día es Navidad.

La Navidad en diciembre es amor propio, es sentir que merecemos, es sanar con uno mismo, es confiar y entender que somos principio y fin, luz y oscuridad, día y noche, arriba y abajo. Por los que hoy están ausentes, vivimos con los ojos del amor. Mi regalo es mi promesa de no llevar ni cargar rencores, ni de mirar lo gris, ni de sentirme pesada. Llorar para descargar y liberar, cogerme de la mano en mi silencio para respirar y, al final, solo decir gracias por la fortuna de estar viva, sentir y expresar. Es nuestro derecho y regalo en esta Navidad.

La Navidad de verano es mi promesa de vivir cada día sintiendo los milagros y el polvo de estrellas. Mirar la luna y el sol y sentir el calor y el frío de sus enseñanzas y ausencia. Es mi mejor momento de existir.

Manual de amargura para navidad

Por Juan Guillermo Restrepo Arango

Si estás buscando un manual de amargura fisiológico y metafísico para estas fechas decembrinas y cualquier otra ocasión especial que consideres debería desaparecer de los libros del tiempo, permíteme presentarte uno que seguramente te ayudará a volver al disoluto camino de la monotonía y el aburrimiento existencial de los demás días del calendario.

Para empezar, mi consejo es que te levantes lo más tarde posible de la cama, incluso mejor si todavía estás borracho del día anterior. No te preocupes por ordenar tu habitación, sino más bien trata de terminar el libro que estabas leyendo la semana pasada o de completar la serie que comenzaste y que no has podido terminar debido al tiempo que te quita tu trabajo.

Luego, intenta volver a intoxicar tu cuerpo con múltiples opciones sintéticas y exóticas, como vino, tabaco, vodka, LSD, mescalina, cerveza, pegante o esmalte, con el objetivo de olvidar o mutilar los recuerdos y enmascarar la nostalgia que pretende inmiscuirse en tu cabeza. Si esto no es una opción, puedes perder el tiempo acicalando tu cuerpo y tu hogar. Limpia el polvo, dobla la ropa, depila tus piernas, afeita tu barba, lava cada orificio de las baldosas del baño y organiza tus platos, bisutería y libros por tamaño y color. De esta manera, ya serán las ocho de la noche y el furor de los títeres en la calle ya habrá mermado notablemente, lo que te permitirá salir de casa sin el riesgo de ver en todas partes un rostro sonriente y plástico y un "feliz navidad" como aderezo.

Si crees que la navidad es solo una artimaña publicitaria para comprar ropa nueva y productos inútiles, mi consejo es que busques en tu armario los jeans más antiguos y cómodos que tengas y te los pongas. Esos que usas para salir los sábados por la noche a la discoteca o a la casa de un amigo. No compres absolutamente nada para ti o tu familia y no caigas en el juego interminable de los favores y los regalos.

Si tienes hambre y estás cansado del pavo relleno y la ensalada de papa con perejil, cómete la lata de frijoles que tienes en la alacena con un jugo de cajita de la nevera y unas papas fritas. Si escuchas que tu vecino está cantando la novena navideña a los cuatro vientos con voz desafinada y una pandereta, pon en tu estéreo Radiohead o Joy Division, súbele todo el volumen y espera a que el mismo vecino llame a tu puerta iracundo pidiendo respeto y civismo, mientras tú miras de reojo su casa, en la que están su esposa y parientes lejanos, con un rosario en las manos, escuchando los veinticinco mejores éxitos navideños de todos los tiempos (la navidad, el cristianismo y la música popular siempre han ido de la mano).

Acuéstate de nuevo en tu catre, trata de desmayarte hasta dormirte, y si de pronto la pólvora y los besos de medianoche te despiertan, tómate otro trago, celebra con la nada, eleva tu vaso, di "feliz navidad" y vuélvete a dormir.

Si después de este ejercicio sigues con una sensación nostálgica de un "no sé qué", mi recomendación es que busques tu móvil, encuentres en tus contactos a tu madre y la llames simplemente para preguntar qué ha pasado y qué está haciendo. Escucha sus respuestas mecánicas de amor, resolución, promesas, verdades y mentiras, y aun así, percibe que todo sigue igual y que las generaciones de tu familia son un mal augurio o un error cósmico. Cuelga y, si sientes la necesidad de llorar, presiona tus ojos con fuerza (eso siempre frena el llanto) y vuelve al vaso de vodka o los calmantes. Esto, sin duda, será el final de la sensación de felicidad que te aquejaba al principio, y podrás seguir con tu vida hasta la navidad siguiente y encontrarte frente al mismo dilema.

Otro cuento de la navidad

Por Liliana Arango Restrepo

El primero de septiembre, Cecilia se enfada al ver que la tienda en la que hace las compras está adornada para navidad. — Siempre lo mismo, ¡qué fastidio! — le dice a su marido, Alberto. Desde su juventud, siempre le ha molestado el manejo desenfrenado que los comerciantes le dan a estas fechas. Para ella, la navidad no tiene ningún significado, solo es una ocasión propicia para exacerbar la compulsión de las masas por adquirir cualquier cosa que les satisfaga por un instante sus sentidos y les haga olvidar, en ese breve momento, las miserias de sus vidas. Para ella, es solo una fecha más en el calendario de celebraciones del año, destinado a mantener el burbujeante negocio de las ventas al por mayor y al detalle.

Alberto la mira con impasibilidad en el rostro, aunque piensa que el fastidio lo provoca ella con sus reiteradas reacciones, que la hacen repetir en cada época del año las mismas diatribas contra cualquier celebración que lleve al consumo masivo y "pernicioso", como ella lo llama. Llevan más de 25 años casados y él ya no responde a esos comentarios, ni a casi nada que ella exprese. Está cansado de esa rutina insoportable de un matrimonio sin estímulo, sin pasión y sin ganas. Lo soporta porque no quiere alejarse de su hija Luciana, de cinco años, producto de una noche inesperada, un encuentro fortuito en la cama que comparten y en la que nunca pasa nada, salvo aquella vez en la que por un desvarío se entregaron en un intento lánguido de revivir lo que muchos años antes fue un desenfreno de lujuria que terminó agotando sus expectativas, hasta dejarlos sin ganas de hacer nada que los llevara a reencontrarse en esa relación disfuncional que funcionaba tan bien en sus vidas marchitas.

Luciana se estremece al ver los árboles y adornos iluminados. Su sonrisa encantadora conmueve a su padre; tanto, que le dan ganas de llorar. La madre la mira con amor pero sin aspavientos, un poco alterada por la certeza de que la niña no compartirá nunca su pragmatismo, influenciada por un padre que Cecilia considera sensiblero, de llanto fácil y mente estrecha. Un hombre religioso y crédulo hasta los huesos, que está seguro de merecer la salvación eterna, y que sabe que su esposa atea perderá ese privilegio. Pero a él no le importa el destino de ella, ni en este mundo ni en el postrero; le basta con saber que tanto él, como su madre y sus dos hijos, tienen un cupo ganado en ese cielo hermoso lleno de ángeles, arpas y cítaras, en el que las almas buenas transitan eternamente sin ningún rumbo.

En los días finales de noviembre, Juan Carlos, el hijo mayor de Cecilia y Alberto, regresa a casa para pasar las vacaciones en familia, antes de su último año de universidad. También llega la madre de Alberto, Sofía, quien pasa todas las temporadas navideñas en la casa de la familia de su único hijo. Ella es una mujer devota que disfruta estas fechas con emoción pueril, una emoción que transmitió a Alberto y que Luciana comparte; bendito sea Dios.

Con la llegada de la abuela inicia oficialmente la navidad en la casa; ella se encarga del árbol oloroso a naftalina y del pesebre adornado con figuras mustias que han estado en la familia desde siempre. También hace los preparativos para los días más especiales, asegurándose de tener los ingredientes para las viandas que ella prepara; este año tiene una receta nueva para el pavo del 24. Eso la llena de ilusión, y de una felicidad tan grande, que le alcanza para espantar la tristeza de los meses siguientes en su solitaria casa.

Cecilia es ajena a todo lo que se hace a su alrededor para dar la bienvenida a la "época más linda del año". Para ella, todo es un derroche de tradiciones absurdas y de gastos innecesarios; su suegra siempre ha visto con furia a esa mujer infame que no comparte sus creencias religiosas y su entusiasmo por estas fechas luminosas. Hace rato que dejó de manifestarle su disgusto a la nuera descreída, pero sigue pensando que esa mujer es casi una abominación, alguien que afortunadamente va a pagar en el más allá lo que no le ha podido cobrar acá.

Cuando la decoración de la casa está lista, Sofía está radiante. En la cena, la mujer expresa su satisfacción con frases frenéticas pero simples, que Cecilia considera propias de una mente primitiva que no cuestiona las verdades en las que cree.

— Gloria a Dios por todas las bendiciones recibidas este año — dice con sorna inevitable, al tiempo que mira a su nuera con ojos retadores que reflejan la pugna eterna entre lo divino y lo diabólico.

Cecilia solo hace una mueca de fastidio, mientras que su hijo Juan Carlos mira la escena con la misma apatía de siempre, pues está acostumbrado a esta dinámica familiar que se repite cada año, invariable, absoluta.

Esa noche, Sofía y Alberto se extasían con el entusiasmo que demuestra Luciana; la niña les cuenta lo que espera del niño Dios. Son tantas cosas que el padre se angustia por lo oneroso de cumplir los deseos de su hija; pero él está dispuesto a gastar lo necesario para que lo reciba todo. Él quiere asegurarse de que la niña siga creyendo que Dios bendice y que premia a las "niñas buenas", tal y como le anticipa todo el año.

Es 24 y toda la familia está en la sala. Sofía ha estado preparando la comida y está todo listo; ahora es momento de rezar la novena y de cantar los villancicos. Ella lo hace con su pandereta, sus cánticos son alaridos que aturden a Leticia y a su hijo; pero Alberto y Luciana la acompañan en ese estado frenético, común en todas las celebraciones religiosas que comparten.

Esta vez, Leticia se desespera y lanza un grito ensordecedor que asusta a todos:

— Cállese vieja loca.

Sofía la mira con ojos sanguinolentos, y le lanza una retahíla desbordada en la que le lanza frases cargadas de una ira de años, de un veneno que la carcome pero que considera justo, dada su estatura moral, ante la que su nuera es un microbio asqueroso sin redención. Sus insultos violentos la llevan al paroxismo, su cara roja parece a punto de estallar. De pronto, su cuerpo se desvanece y sus ojos se cierran.

Alberto se arrodilla a su lado y se da cuenta de que la madre está muerta; el hombre lanza un doloroso grito. Luciana se angustia, sabe que su querida abuela se ha ido; su padre le ha hablado de la muerte y le ha dicho que, para las personas buenas, es el comienzo de una vida de gloria al lado de papito Dios. La niña piensa entonces que es un momento feliz y empieza a cantar las alabanzas que su abuela le ha enseñado.

El llanto de Alberto y los cantos de su hija llenan el salón. Leticia y Juan Carlos se miran sin hablar. Ella está impávida, insensible, poco le importa lo que está sucediendo. Su hijo, en cambio, siente una especie de furor impúdico, un alivio prístino después de toda una vida incómodo por las presiones de la abuela. Le llega una punzada de remordimiento que le atraviesa las entrañas, pero no es suficiente para conmoverlo.

En este escenario, el espíritu navideño no tiene cabida, a pesar de las alegres luces y el hermoso decorado del comedor, preparado con esmero por Sofía. Leticia recuerda entonces lo que significa la navidad para los creyentes y se da cuenta de que en su casa nunca han mencionado el hecho. Solo celebraciones: regalos, música, comida abundante y licor. No puede evitar una sonrisa cínica.

Regalos de noche buena

Por Gladys Stella Moncayo Colpas

Esa noche, estaban por celebrar el sexto cumpleaños de su hijo, pero el padre, el sostén de la familia, debía trabajar hasta tarde y la madre, la vigía del hogar, velaba por el bienestar de todos en casa. Ella no dejaba de pasearse por la cocina, pensando en el mejor regalo para su hijo y de paso el mejor regalo de nochebuena para su esposo. Recordaba que necesitaban medias y prendas para soportar el frío de esos días, pero eran muy costosos. Para su hijo, también pensaba en un caballito de madera, ya que aún era un niño y no tenía muchos juguetes.

Mientras tanto, ella se dispuso a preparar los alimentos para cuando llegara su esposo de sus labores diarias en el taller. El niño descansaba en su cuarto, una habitación adecuada con una cortina de tela que dejaba ver las siluetas del otro lado, cuando de pronto se escuchó un llanto muy suave y uno que otro gemido. Preocupada por lo que le podría estar sucediendo, corrió la cortina y se arrodilló para acariciarlo. Lo despertó suavemente y le preguntó: "Mi amor, ¿qué tienes? ¿Otra vez tus pesadillas?" El niño se incorporó y le dijo a su madre: "Tranquila, es solo que cuando duermo profundamente veo en mis sueños unas personas con miradas enfurecidas, tristeza en sus corazones y oscuridad en sus caras. Me aflijo y no puedo dejar de pensar en cómo ayudar a aliviar su dolor y sufro con ellas".

La madre, callada, lo abrazó. El hijo, callado, derramó sus lágrimas y suspiró tan suavemente que no hubo más que decir. El silencio lo dijo todo. Esas lágrimas eran en sí una oración por desaparecer la maldad de los corazones abatidos. La mamá le pidió al hijo que rogara a Dios Padre por su tranquilidad, y el niño le dijo que iba a rogar por la tranquilidad y sustento de todos en casa. Ella lo dejó en su habitación y se fue al pórtico a pensar y a esperar a que su esposo llegara bien.

La madre, virtuosa y llena de dulzura, tenía la habilidad de comunicarse con los seres de la naturaleza y con la propia naturaleza. Al caer la noche, reunió a un grupo de luciérnagas y, con su voz tierna y dulce, les pidió que iluminaran la casa para que la oscuridad de la noche no confundiera ni extraviara a sus seres queridos.

Además, reunió a más luciérnagas y les solicitó el favor de iluminar el camino de regreso a casa de su esposo y la habitación de su hijo, para que este último no tuviera más pesadillas que lo entristecieran. De esta manera, acompañaba a su esposo en su trayecto de regreso a casa y a su hijo en su habitación, mientras ella se ocupaba de los demás quehaceres.

Cuando su esposo iba llegando, el sendero se iba iluminando y el cansancio del trabajo se veía recompensado por la compañía luminosa de las luciérnagas. Al llegar a casa, contempló a su esposa en el pórtico y a su hijo en la ventana del cuarto, los cuales eran para él el mejor regalo que podía tener en esa noche buena.

El niño, emocionado al ver a su padre llegar a casa, corrió hacia él para abrazarlo y sentir la calidez de su presencia. Para él, no había mejor regalo que la seguridad de tener a su papá de vuelta sano y salvo. Juntos, padre e hijo se fundieron en un cálido abrazo que simbolizaba su amor incondicional el uno por el otro.

La madre, radiante de felicidad al ver a su familia reunida, les recibió con una cena deliciosa y caliente, tal como era la tradición en cada Nochebuena. En la cocina, la luz de la hoguera se mezclaba con la de las pequeñas luciérnagas que se agrupaban en el tejado, las ventanas y la cerca de madera, como si supieran que allí había una familia que les daba la bienvenida con amor y alegría.

Además de la luz de la hoguera de la cocina, se iluminaba la casa con la luz de las pequeñas luciérnagas, que a la voz de la señora se formaban en fila sobre el tejado, las ventanas y la cerca de madera anunciando que siempre hay alguien en casa aguardando la llegada para regalarle sin más, ni más, sus abrazos, sus sonrisas y miradas de bienvenida al calor del hogar; aunque, sin mayores lujos son un techo y paredes que albergan una familia, la santa familia de Dios, pues desde su nacimiento padre, madre e hijo no han necesitado más que el calor de un jumento, la comodidad de un pajar, el arrullo del balar de las ovejas, un poco de leche caliente recién ordeñada y la luz de una estrella disipando la oscuridad en la noche, bendiciendo el lugar con abrazos de felicidad y esperanza, como es de esperarse en todas las noches buenas.

En honor a ti

Por Ana María Gutiérrez Suárez

En honor a ti quiero ponerle cada bolita al árbol,
en honor a ti quiero ponerle una cantidad infinita de luces,
en honor a ti quiero cantar villancicos y tomar chocolate,
en honor a ti quiero prender velitas y pedir deseos,
pedir el deseo de volverte a ver.

En honor a ti quiero seguir sonriendo.
En honor a ti quiero seguir rezando.
En honor a ti quiero seguir soñando,
soñando con la idea de que desde donde estés,
estás decorando un arbolito como tanto te gustaba hacer
En honor a ti quiero seguir creciendo.
En honor a ti quiero seguir ayudando.
En honor a ti quiero aferrarme a los recuerdos,
recuerdos que me hacen sonreír al pensar
que Diciembre se llenaba de magia solo para ti.

Navidad festividad religiosa

Por Carmen Julia Fuentes Pacheco

I

La más imponente y esperada del año, tu época y festín vienen de antaño,

De rojo y verde vestida, melancólica y sentida,

Todo el mundo te celebra jubiloso y solemne, cual árbol de acebo perenne.

Hermoso angelical en frio invernal.

De pobres y ricos eres añorada, en abundancia o escases siempre serás celebrada,

Con luces y brillos que iluminan las ciudades, de todas las razas, religiones y edades,

Todos te esperan con anhelo, hasta el tu ultimo día con esmero y desvelo.

Es un ritual majestuoso, Lleno de pompas, lujos y fastuoso.

Das el primer paso, en medio del sol y su ocaso,

Esa calurosa bienvenida al ocho de diciembre, tus velitas se encienden,

Los faroles alumbran por las casas y las calles, armonizando cada detalle,

Haciendo honor a la virgen Concepción inmaculada, para muchos fecha sagrada.

Tus colores dorado y plateado, destellan prosperidad y riqueza,

Tu historia se ha inmortalizado con ilusión y adornada viveza,

Navidad de alegrías y tristezas, contagias e irradias mucha belleza,

Desde el mendigo hasta la realeza.

El 16 de diciembre comienza el coro de los villancicos,

Alegres, religiosos y litúrgicos canticos,

Que conmemoran la época navideña, y

Entona sonriente la mente del que sueña.

Elevas una oración por los nueve días de canción popular,
El alma se nutre y el espíritu a la paz da lugar.

II

Luego llega el 24 de diciembre,
Radiante como siempre,
Para compartir tu cena navideña,
Imponente y regia como toda dueña,
Después de rezar la última novena,
Una noche mágica de icónica verbena,
Para celebrar el nacimiento de Jesús,
Con todo glamour y a toda luz,
Justo a la medianoche, Junto al ya decorado árbol de pino,
Hay que darle la bienvenida al niño Dios que vino,
Con regalos y presentes, puestos junto al pesebre,
Hay que dejar que Papa Noel también celebre,
Porque cumple a su manera el deseo de los inocentes,
Con su reno tirando su trineo para cumplir velozmente,
Cualquier detalle llena el alma y el corazón,
Pues ellos esperan con brazos abiertos y pasión.
Ya después junto a la puesta y decorada mesa con un rojo pañuelo,
Celebración virtuosa a toda gesta, con un pavo, uvas; natillas y buñuelos.
Es tu esencia y virtud, que todos reunidos gocen de buena salud,
De paz, armonía y reconciliación; si hay un desacuerdo que termine en perdón.
Traes desde lejos familiares entrañables, que en la distancia son inolvidables.
Ante tu encanto se vuelca todo llanto, e irresistible para permanecer impávido.
Con atuendos nuevos muchos se engalanan,

Se encienden chispitas mariposas que te proclaman,
Con euforia te despiden tus celebrantes,
En medio de alegrías y llantos incesantes.

Navidad 66

Por María de Lourdes Reyeros Devars

Cuando tenía 7 años, la temporada de fiestas siempre era muy especial en mi familia porque mis abuelos paternos venían a visitarnos junto con mi prima hermana y mi tía. La casa se llenaba de algarabía, compras y la preparación de platillos tradicionales para compartir en Navidad. Mis hermanas, Alejandra de 4 años y Vero de apenas uno, se sumaban a la fiesta.

Mi mamá, que era una excelente cocinera, cedía la cocina a mi abuela Mimi para que preparara los platillos más importantes de la temporada, aunque mi mamá siempre estaba ahí para ayudarla. Mi tía no era muy buena en la cocina en ese entonces, pero después aprendió a preparar cosas deliciosas para mí, ya que siempre me mimaba y me consentía.

En nuestro pequeño departamento de tres habitaciones, éramos cinco de mi familia y los cuatro huéspedes que venían habitualmente para las fiestas. A pesar de lo pequeño del espacio, la música y la alegría nunca faltaban. Me encantaba acompañar a mi familia a comprar regalos e ingredientes para la cena, y disfrutaba muchísimo de las deliciosas botanas que preparábamos.

Mi abuela preparaba unas aceitunas negras griegas que eran épicas, y el queso roquefort, el jamón serrano, los turrones y las castañas asadas eran solo algunas de las delicias culinarias que disfrutábamos en esas fechas. Mi padre, que trabajaba como policía federal de caminos, solo tenía cuatro días de descanso al mes y raramente podía disfrutar de vacaciones en la temporada de fiestas, ya que siempre había mucho trabajo por hacer.

Llegó el esperado 24 de diciembre, la noche de la cena de Nochebuena. En mi mente, la imagen de Santa Claus se mezclaba con la emoción de haberle escrito una carta que parecía un papiro interminable. Tenía la ilusión de pensar que un ser mágico llegaría a mi casa en esa noche maravillosa, llena de magia y amor.

Antes de la cena, noté un ambiente extraño en la casa. La gente se secretaba y se mostraba misteriosa. Después de cenar, me mandaron a dormir junto con mis hermanas, pero pronto oí gritos que me asustaron. Pensé que Santa Claus los había asustado al entrar sigilosamente y darse cuenta de nuestra gran reunión. Me levanté de la cama, sin querer hacer ruido, y vi a todos discutiendo. Escuché a mi abuela decirle a mi mamá: "quítale la pistola, ¡se quiere matar!" Mi cabeza no comprendía lo que estaba pasando. Me asomé un poco más y vi a mi papá visiblemente borracho, empuñando una pistola. Me acerqué a él y le dije: "No, papito, ¡Santa no quiere que hagas eso! Vete a dormir". A papá se le resbalaron las lágrimas y soltando la pistola, me abrazó. En ese momento no entendí el regalo tan grande que recibí. Disfruté de mi padre veinte años más, hasta que un coma diabético se lo llevó.

Cualquiera podría pensar que este evento empañó mis navidades futuras, pero no fue así. Cada Navidad es una época maravillosa para mí, y así se lo he enseñado a mis hijos. Mis nietos aprenden cada día la importancia de la familia y obvian los regalos. Agradecemos el disfrute de estar todos juntos. Sabemos que la unión es nuestra fuerza y que si alguien cae, los demás lo levantaremos siempre. Ese fue mi gran aprendizaje. Nos hemos ayudado siempre cuando alguien cae en desgracia, ya sea por drogas, alcohol, quiebra económica, depresión, desamor, entre otros. Sabemos que juntos somos invencibles.

No dejemos que un evento oscuro acabe con la ilusión de nuestros jóvenes y niños. Enseñémosles que el amor y la familia son el tesoro más grande que poseemos. Siempre la convivencia es la que nos dará la mayor felicidad del mundo. Les invito a reflexionar y amar en esta época mágica.

Retazos navideños

Por Gloria Diana Montoya Orrego

Cartica al niño dios

Querido niño lindo de la navidad, yo te quiero mucho todos mis años y te voy a pedir que, cuando vengas esta noche hasta mi cuarto con mis regalitos para ponerlos bajo mi almohada; te dejes ver y abrazar es que te he tratado de mirar escondido bajo mi cama, pero te demoras y termino dormido. Te pido que permitas que te vea, aunque sea un ratico puede ser, junto a las flores rojas que hay junto a mis juguetes; te darás cuenta de una vez que yo los cuido, aunque al caballito de madera ya se le quebró una pata. Te quiero ayudar con mi lista de regalos para que no los olvides.

Lista de regalos

— Nuevos villancicos, diferentes al de los peces y el del tambor que ya le aburrieron.
— Más historias sobre cómo fue que nació, con detalles interesantes.
— Una oración de la mamá que no sea el ave maría y otra oración de la santa trinidad, ya que la votó por accidente.
— Dos cuentos, uno de navidad y otro que no sea de navidad, con muchas letras "R" y divertidos para poder enseñarlos a sus amigos.
— Una bicicleta similar a la de Juan, ya que no sabe andar en bicicleta.
— Tenis y medias nuevos, ya que se le quedaron pequeños.
— Cuadernos para la escuela, solicitados por sus padres.
— No olvidar traer regalos para sus padres y asegurarse de no perder la lista como ocurrió el año pasado.

Con todo mi cariño y ganas de verte,

Toño.

Cartica del cielo

Querido Toño:

Quise visitarte en silencio mientras dormías, porque me gusta la tranquilidad que encuentro en tu sueño. Cuando llegue el día en que te llame, vendrás a mi lado y nos abrazaremos, pero si lo deseas, puedes encontrar mi rostro en cada ser que te rodea. Cada uno refleja mi amor por ti y cuando cantes villancicos junto al pesebre o juegues con tus amigos, enseñándoles el cuento de la rana Ruperta, verás mi sonrisa en cada uno de ellos.

Sigue siendo el niño bueno que dejé en la tierra para todos.

Con todo mi amor,
Tu Ángel de la Guarda

Brillo estelar
Historia de mi nacimiento

Denso terciopelo nocturno cubría el humilde portal donde María y José descansaban de su caminata. En un rincón apartado, las mulas también reposaban con su aliento apacible.

De repente, una colosal estrella brillante esparció destellos por todas partes, iluminando la estancia y despertando a la pareja santa de su profundo sueño. Asombrados, contemplaron la maravilla del cielo, tocaron la estrella con sus ojos y escucharon las tonadas de un coro de ángeles que llegaban con sirios y pétalos blancos.

José abrazó a María para protegerla, mientras ella oraba en éxtasis de gozo. Un aro perlado coronó su vientre y de él surgieron diminutas luces que se extendieron hasta llegar a sus manos, donde recibieron al niño supremo con la bendición celestial.

El tiempo y el silencio se confundieron, mientras las aves turbadas iniciaban sus trinos con suaves aleteos que despertaron los sentidos. Un místico aroma a jazmines y rosas se coló en la estancia, mientras guirnaldas diversas rebosaban de agua y formaban cortinas de burbujas blandas.

Nacimiento
Villancico #1

En una noche misteriosa surgió en el cielo un lucero, su luz reflejaba rebaños dispersos en campos muy bellos (bis) y en un humilde portal fijó su esplendor más intenso. Revelando el manto de la Virgen que mecía a Dios en un sueño (bis).

Se oyeron en coro los ángeles (Dios, Dios, Dios. Coro al tiempo de la primera frase), anunciando el tiempo del amor y pastores alegres llegaron a mirar a su dulce creador y muy alegres cantaron adorando al niñito de Dios. (Dios, Dios, Dios nació. Bis).

En una noche misteriosa nació la esperanza y el perdón; entre destellos del cielo la Virgen besó al redentor.

La ovejita
villancico #2

San José llevó al niñito, de regalo una ovejita; una ovejita blanquita era el juguete del niño Dios.

Cuando el niño tuvo dientes, le mordió una orejita y la ovejita mordida siempre lo acompañó, a la ovejita cuidaba igual que me cuida a mí y en sus juegos con las aves se reía muy feliz.

La ovejita le gustó, la orejita le mordió, esa ovejita mordida es la que más cuida Dios.

Co, Co, Co
Villancico #3

Co, co, co, ¿Cómo nació Dios? (bis)

En un pesebre mágico con muchas ovejitas, con tréboles gigantes en la vegetación. El techo era muy viejo, la cuna de pajita y un lucero muy grande daba su resplandor.

Co, co, co, la virgen se durmió.

Co, co, co, el niño le lloró.

Co, co, co, José se levantó, la hoguera se apagó, ¡ay, pobrecito Dios!

Oración navideña de María
(Primera oración)

Mi niño bello, recuerda siempre los besos que en tus manitos de luz, dejaron los ángeles y los pastores que te vinieron a ver para, que en el tiempo humano de lágrimas y penas; le recuerdas al padre eterno, la bendición que, dejaron tus sollozos bajo su gran estrella.

Recuerda mi niñito que José prendió la hoguera en la oscuridad del pesebre y que tu cunita de paja es de amor y de piedad.

Suplica amorosa
(Segunda oración)

Santísima trinidad: Padre, Hijo y Espíritu Santo;

Te amo y te adoro porque, eres el

Dios santo; de todos los tiempos.

Por el perdón de toda la humanidad, ora Virgen María, a la santísima trinidad.

Sueños azules

A orillas de un río que cruzaba un poblado, había un pequeño bosque de olivos y otros arbustos diferentes. Con el tiempo, uno de ellos abrió sus frondosas ramas con hermosas flores azules. Los caminantes llegaban hasta la orilla solo para ver el hermoso árbol y sentarse bajo su sombra. Cada vez que lo hacían, las ramas se agitaban con el viento y se esparcía un aroma dulce de sus flores que hacía realidad cualquier sueño que tuvieran.

Durante la época de Navidad, el árbol se tornaba aún más frondoso y era visitado por muchos pobladores, cada uno con su propia historia después de estar cerca del árbol azul. Una joven contaba que, al sentarse junto a su pequeño perro bajo las raíces del árbol, el cual temblaba de miedo, se le aparecieron muchas flores azules que llenaron el prado, y su perro fue sanado milagrosamente. También estaba la historia de un pastor que, mientras descansaba bajo el árbol, dejó a su sombra unos pesados troncos de madera, soñando con usarlos para construir una pesebrera para sus ovejas. De repente, un viento frío con aroma de flores envolvió al pastor, y los troncos empezaron a elevarse fácilmente hacia la cima de la loma. Y un agricultor llegó con su canasta llena de frutas que no había podido vender en el mercado, sus manos ampolladas por el esfuerzo, temiendo perder su cosecha antes de llegar a casa. Fue entonces cuando sus manos se llenaron de energía al tocar las flores del árbol, y vendió todas sus frutas a los pobladores que llegaban a la sombra del árbol.

Lo que los pobladores no sabían era que durante la Navidad, una corriente de aire estelar llegaba hasta el pequeño bosque de olivos, y el gran árbol azul también se ponía a soñar.

El árbol de las flores azules extendía sus ramas y dejaba que el aroma de sus flores llegara hasta un puente de madera con tejado rojo que estaba construyendo un pastor para sus ovejas, cerca de la leve montaña. El árbol soñaba con alcanzar el puente y sus flores querían tocar la gran estrella que aparecía en las noches navideñas sobre el portal del puente.

El árbol de los sueños empujaba los sueños de aquellos que se sentaban bajo su sombra y también anhelaba alcanzar su propio sueño, de estar cerca del techo del puente en el que se detenía la gran estrella. Desde lo alto de su copa, el árbol veía cuando un dulce niño era arrullado en tibios brazos, y deseaba iluminar sus flores para entregárselas a Él.

Desde entonces, a orillas del río, junto al bosque de olivos, un sueño azul empuja a muchos otros sueños en Navidad.

Persecución

La rana Ruperta, mediante rapiña lamió una rosquita, que rodó con rumbo a la loma toda redondita.

La mosca restrepo, lloró de la risa y retó a la rezagada rana a Refinar su prisa.

Repolla, rechoncha, rolliza, rápida rosquita; resiste la búsqueda de la Ranita, que extiende su rabo; resalla, retoza, y muy Resabiada insiste.

La rosca, resbala y rebota en ribera riscosa y llega a la ruta de rieles del Tren; que resonante pasa y la pisa.

La rana rabiosa, reclama lanzándole rocas; el rey de la Loma ante el ruido causado, reprende rotundo y con Rigor a la rana, que ruborizada; le ruega clemencia Antes de su ruin retirada.

El rey del invierno y el collar

Por Yuris Teran Sulbaran

De la envidia

Todos los elementos se reunieron en la asamblea de los inmortales para dar un informe de su trabajo individual y colectivo. En ese momento, llegó Nata, la hermosa primavera, y con su presencia, la hierba y las flores comenzaron a brotar, mientras los árboles se llenaban de un hermoso follaje.

Nata— ¡Buenas! Hago acto de presencia para informarles sobre mi labor. Mi objetivo ha sido asegurar que todos los seres vivos estén satisfechos. —Nata estaba frente a Loto, el representante celestial encargado de recopilar los informes de todos los elementos en cada ciclo—.

— Mos alegra verte y escucharte, reina de la primavera. Dijo Loto.

— Gracias.

— Ahora, por favor, muéstranos lo que has logrado este año.

Nata sonrió mientras lanzaba una lluvia de pétalos a su alrededor y, con su energía, creaba un reflejo que mostraba campos florecidos, insectos de todas las especies muy felices, humanos trabajando muy satisfechos, aves muy coloridas junto a sus crías muy cómodas, corales bajo del mar y muchos peces tranquilos.

— Esta ha sido mi labor durante todo el año. — Dijo con alegría Nata, mientras sonreía tímidamente.

— Muy bien, Nata. Lo has hecho genial.— Gritó Loto entusiasmado.

Mientras va escribiendo con su pluma de oro cada detalle en su libro de plata y las páginas de cristal, Nata se sienta en su lugar como una de las cuatro estaciones. De inmediato, el otoño hace acto de presencia.

— Buenas a todos, como todos los años me presento. Soy la reina del otoño y vengo a rendir cuentas de mi hermoso trabajo — dijo Sari a su llegada.

A su paso, todo lo que había hecho la primavera se tornó de colores otoñales, y las plantas dejaron caer sus hojas.

— Bienvenida Sari, reina del otoño. Ahora, muéstranos lo que has hecho este año — dijo Loto.

— Con gusto — respondió Sari, mientras hacía una danza de hojas otoñales y las lanzaba al frente. Con su energía, creó un reflejo que mostraba a las aves recolectando para la llegada del invierno, así como a los humanos recolectando sus cosechas, leña y todo lo necesario para la llegada del invierno. También se mostraba a las plantas dejando caer sus hojas y algunos insectos y animales preparándose para invernar.

— Esta ha sido mi hermosa labor — dijo Sari con modestia.

— Sari, has hecho muy bien tu trabajo — respondió Loto.

Loto habló con modestia mientras escribía con detalle en su libro el hermoso trabajo del otoño. Sari se dirigió a su lugar y, a continuación, llegó el invierno y todo se llenó de nieve mientras aumentaba el frío.

— Buenas a todos. Soy el invierno, y como cada año, vengo a dar mi informe — dijo Sael.

— Bienvenido, Sael, el invierno. Ahora, muéstranos lo que has hecho en tu labor — respondió Loto.

Sael sonrió modesto.

Sael hizo con su energía y nieve un reflejo donde mostraba su hermosa labor. Fuera del lugar santo, llegaba el verano, y una persona misteriosa cubierta se acercó a él para hacerle un regalo.

— ¿Me permite, rey del verano? — preguntó Doan.

— ¿Quién eres? — preguntó Rusiel.

— Mi señor, por ser el rey de mi estación favorita, concédame darle este obsequio — respondió Doan con una sonrisa malvada. Sin embargo, Rusiel no se dio cuenta de su expresión, ya que le urgía dar su informe.

Rusiel aceptó el regalo, que resultó ser un collar, y se lo colocó. Al hacerlo, sus ojos de color café claro cambiaron a café rojizo, y Doan desapareció.

Rusiel entró y lanzó un rayo de energía al reflejo de Sael, que mostraba su trabajo. Por donde iba pasando, iba derritiendo la nieve de Sael, lo que sorprendió a todos. Sael lo miró furioso.

— ¿Cómo te atreves? ¿Por qué esa falta de respeto? — preguntó Sael un poco molesto.

El verano rio a carcajadas.

— Ya es suficiente. El invierno nadie lo quiere. Esperan con anhelo a que lleguemos nosotros porque somos mejores — dijo Rusiel.

— ¿Puedes esperar tu turno? Por favor, Rusiel — dijo Loto con una mirada ceñida.

— No hay problema, ya he terminado — dijo Sael con modestia, retirándose.

— Buen trabajo, Sael — dijo Loto.

El verano se colocó en frente de Loto.

— Como de costumbre, hago informe de mi hermosa labor — dijo Rusiel.

Rusiel extendió sus manos con energía de fuego y mostró a todos los seres con calor. Se veían algunos en la playa divirtiéndose, otros escalando, en fin, mostró las formas de diversión de los seres vivos en el verano.

— Este ha sido mi hermoso trabajo — dijo Rusiel.

— Muy bien hecho, Rusiel, rey del verano. Así como lo han hecho todos los demás, ¡pueden retirarse! — dijo Loto, mientras seguía escribiendo en su libro de plata. Todos estaban saliendo, pero Loto no dejó que Sael se retirara.

— Tú no, Sael, quédate. Debo hablar contigo — dijo Loto, sorprendiendo a todos.

— Sí, claro — respondió Sael.

Todos salieron y Loto se quedó con Sael.

— ¿Por qué tu corazón está un poco enojado? — preguntó Loto.

Sael se sorprendió.

— No me digas que es por lo que dijo Rusiel — continuó Loto.

— Creo que en parte él tiene razón — dijo Sael, un poco triste.

— Ve y convive con todos los seres vivos en el invierno que ya empieza, y luego me dirás — dijo Loto.

— Pero… — dijo Sael, intentando objetar.

— Es una obligación esta vez — dijo Loto, sonriendo mientras desaparecía en un destello de luz.

Sael se dirigió a la tierra y empezó a observar de cerca a todos los seres vivos en diferentes partes del mundo, incluyendo donde no se dan las cuatro estaciones.

— No veo nada — dijo Sael, frustrado.

Entonces, apareció Nata.

— Sael, dime ¿qué haces? — preguntó Nata.

— Loto me envió a observar a todos los seres vivos de cerca y no he notado nada diferente — respondió Sael.

— Ya veo — dijo Nata.

Sael sonrió.

— Creo que Rusiel tiene razón, nadie quiere el invierno — dijo Sael, mientras Rusiel los observaba sin que se dieran cuenta.

Nata silbó, y aparecieron la aprendiz del viento, la aprendiz del hielo, el aprendiz del frío, la tierra y la lluvia.

— Sael, estamos aquí para ayudarte — dijo la aprendiz del viento, Yoran.

— Claro que sí — dijo Sura.

— ¡Empecemos! — dijo el aprendiz del frío, Neon.

— Y cómo — dijo Sael.

— En algunos lugares no se dan las cuatro estaciones, pero vamos y veamos qué sucede — dijo Nata.

Ellos desaparecieron y aparecieron en un lugar donde no se daban las cuatro estaciones y observaron a una persona hablando por teléfono.

— Sí, madre. Ruego salir pronto a vacaciones porque deseo estar contigo todos estos días ya que todo el año he estado trabajando — dijo Ana, sonriendo.

Sael se sorprendió.

— Ya ves — dijo la aprendiz del viento, Yoran.

Luego se dirigieron a otra casa.

— ¡Apresúrense que están por llegar nuestros amigos! — dijo Milena.

— Claro que sí — dijo Elsa.

— Ellos siempre vienen en esta época en que siempre nos reunimos — dijo Milena.

Sael se sorprendió de nuevo.

— ¡Pero aquí no se dan las cuatro estaciones! — dijo Sael.

— Pero es la fecha en que haces tu trabajo — dijo Neon.

— Entonces, vayamos donde sí haces tu trabajo — dijo Yona.

Ellos desaparecieron y aparecieron donde era invierno y observaron una casa.

— Me gusta el invierno — dijo Luci.

— Sí, es hermoso. Es la época en que todos estamos reunidos en casa — dijo Antonela, sonriendo.

— No lo había visto de esa manera — dijo Sael.

— Ven, te mostraré algo muy interesante — dijo Nata.

Ellos fueron al bosque y Nata le mostró muchos árboles con gran follaje, algunas flores y animales de invierno.

— No me había fijado en ello — dijo Sael.

— Y ¿qué piensas hacer? — preguntó Sura.

— Si se me permite, como el invierno concederé el regalo de que la estación de invierno siga con la inmortalidad, dando a cada hogar el calor de la amistad, el amor familiar y la unión de la felicidad — dijo Sael.

En ese momento, llegó el verano con su ola de calor y los atacó, lastimando a la primavera y a los demás.

— ¿Qué te sucede? — preguntó Sael, mientras se levantaba.

— Te mostraré por qué el invierno es la estación más indeseable — dijo Rusiel, riendo a carcajadas, y le lanzó un fuerte rayo de calor directamente a Sael.

Sael contraatacó con su poder de nieve fría, pero Rusiel le derritió su energía al usar una energía sagrada del verano, hiriendo gravemente a Sael. Al ver esto, sus amigos atacaron juntos al rey del verano con ráfagas de energía, pero no le hicieron ningún rasguño. Nata se levantó y atacó con su tierna energía, pero el rey la golpeó con su energía, dejándola inconsciente. Al ver esto, Sael se enfureció y volvió a atacar a Rusiel, quien lo golpeó nuevamente, dejándolo en el suelo gravemente herido.

— ¿Por qué lo haces? — preguntó Sael, muy lastimado.

— Solo quedan tres estaciones, y la que durará más tiempo será el verano. Por eso te destruiré, y ya no existirás más. Dijo Rusiel

Después de atacar a Sael, quien está malherido, Rusiel utiliza de nuevo la energía sagrada del verano para destruirlo, pero es interrumpido por el verdadero rey del invierno, lo que sorprende a todos.

— ¿Tú eres? — Preguntó con arrogancia Rusiel.

— ¡Hola, Rusiel! — Saludó Said, luego de que ambos se separasen.

— ¿Por qué estás actuando así, rey del verano? — Le cuestionó Seid.

— Te destruiré a ti de paso. — Rusiel gritó con furia, mientras dirige de suevo su colérico ataque.

Seid divisa el collar que tiene puesto Rusiel y piensa: "ya veo, es el collar de la envidia, por eso está actuando así".

Rusiel y Seid generan una gran batalla utilizando ondas de calor del verano y ondas de energía de invierno.

Ambos están cansados y agitados. Rusiel ataca nuevamente a Seid con lanzas de calor, pero Seid responde con lanzas de hielo, destruyendo las lanzas de Rusiel. Luego lo ata con su energía sagrada y le lanza al cuello una luz sagrada que desintegra el collar. Ante esto, los ojos de Rusiel vuelven a la normalidad, y Seid lo suelta.

—Gracias, Rey del Invierno. Como su aprendiz, concederé lo antes dicho, y cada semilla en el invierno viva para la llegada de la hermosa primavera. — Dijo Sael

—¡Maravilloso! Y yo encantada de recibirlas para hacerlas crecer con toda su hermosura. — Agregó Nata

—Muy bien hecho. — Dice Loto en un murmullo mientras desaparece.

Desde entonces, en época de invierno, donde se dan las cuatro estaciones y donde no se dan, todas las familias se reúnen con los que aman para recordar todo lo hecho en el año. Con la bendición del Dios celestial, el aprendiz del Rey del Invierno hace con más amor su trabajo. Este evento se convierte en una celebración tradicional que se lleva a cabo con amor y devoción

La navidad de mi papá

Por Jean Carlos Navarro Sánchez

A pocos días para que santa nuestro hogar visitara
Los hijos ansiosos su regalo de navidad esperaban
Pero ignoraban que ni regalo ni cena contaban
De un padre al que el sueldo no el alcanzaba
En un país donde el desempleo abundaba
Papá en la informalidad se rebuscaba
Que dolor en el pecho lo dominaba
Porque su familia la navidad ameritaba
El padre de tanto que rogó
Una idea de cambio llegó
Su negocio un giro comercial dio
Y los frutos de las ventas recogió
En la noche de navidad la cena se servía
Y en la mesa la comida no cabía
Los niños a cama se irían
En la mañana los regalos abrirían
Sorpresa y emoción se sintió
Cada niño su regalo abrió
A papá, Santa cumplió
La navidad en su corazón permaneció.

El peso del saco

Por Andrés Santiago Villamizar Jiménez

A veces la gente se deja coger el día, confiados en que la fecha límite de un proyecto está aún lejos, y lo dejan todo para el último momento, llenos de estrés y temor de quedar mal por su falta de responsabilidad o de organización. Pero los Santa Claus, Papa Noel, San Nicolás o como quiera usted llamarlos, nunca fueron de esta clase de personas. Siempre tenían todo al día y organizadito. Así, cuando marcaba la medianoche del 25 de diciembre, todos los regalos estaban entregados, las medias de la chimenea cargadas, las galletas comidas y la leche bebida, y la magia repartida por el mundo. Claro que se embuchaban bastante por tanta grasa y azúcar, pero cumplían.

Todo eso no era tarea fácil. Imagínese tener que entregar más de treinta y siete millones de regalos (y hay niños que reciben de a dos o tres), además de tener que ir desde Alaska hasta Tokio, pasando por Venecia. Sin mencionar el hecho de que tenían que comer lo equivalente a mínimo cuatro mil cantinas de leche y como ochenta arrobas de harina y la mitad de esas de azúcar solo en galletas. No hay poder humano o sagrado que pueda lograr semejante hazaña en menos de una noche.

Por eso, Santa Claus no era solo una persona tomando energizantes con expreso, manejando unos renos que tenían turbo cargador e iban a ciento cincuenta kilómetros por hora estando quietos. Era una organización de personas dedicadas a llevar alegría, regalos y a comer gratis todos los veinticuatro durante más de un milenio. Eso sí, había un jefe: el Papa Noel más viajado y con más experiencia era el que tomaba las riendas del negocio, que casualmente era el más viejo.

Este fue el Santa Claus que tuvo todo bajo control durante las décadas de los noventa, los dos mil y dos mil diez. No hubo casa que se quedara sin regalo ni trabajador vestido de rojo y blanco que no se dejara ver por un niño. La magia prevaleció y creció durante su liderazgo. Pero, como todo tiene su final y a todo marrano le llega su diciembre, durante el inicio de la década, luego de que el duro de duros terminara sus entregas, se le taponeó una arteria de tanta grasa que tragó, y de un infarto agudo y fulminante, se estrelló en el mero norte del polo sur y falleció en el acto.

Todos lloraron la muerte del duro. Los renos no dejaban de sollozar. Los demás Santas se reunieron y colocaron sus gorritos rojos sobre el féretro en señal de respeto, y los duendes tenían que seguir trabajando, pero con zozobra en su corazón, ya que fue este San Nicolás quien les dio mejores condiciones laborales y una hora de almuerzo. Todos lloraron su partida y estuvieron presentes en el entierro, junto con sus predecesores, en el cementerio dedicado donde pudo descansar en paz.

Luego de una serie de días de duelo, hubo una reunión con todos los importantes de la organización: Rodolfo en representación de los renos, un duende llamado Patín en nombre de la clase trabajadora, y la esposa del fallecido llamada Hanna, que era la representante de las esposas de los demás viejos pascueros. La razón de la reunión era obvia: elegir un nuevo patrón para que tome el control y lleve la navidad del próximo año a buen puerto. Pero antes de hacer la clásica elección del más viejo, como siempre habían hecho, ocurrió un problema. Los Santas más viejos, aterrados de la manera en la que falleció el duro, no querían terminar igual y se negaban a tomar el control.

Esta era una situación sin precedentes y todos los líderes de la organización plantearon medidas para contrarrestarla.

En enero, Rodolfo propuso abrir una convocatoria para encontrar a otro "duro", ofreciendo un aumento salarial como incentivo (es decir, más raciones, ya que a las figuras mágicas no se les paga). Todo parecía ir bien hasta que los participantes se dieron cuenta de que el aumento no era gratuito y todos se retiraron. Sin embargo, el reno de nariz roja no quiso dejar morir la idea y decidió extender la convocatoria a todos los sectores de la fábrica mágica, desde hombres de nieve hasta hadas y osos polares. Todos se presentaron para optar por el renombre de ser el sagrado líder de la navidad. Sin embargo, la falta de experiencia de los seres conscientes y la incapacidad de subir a un depredador al trineo sin que devorara a los renos hizo que se descartara la idea por completo.

En el mes de enero, Rodolfo propuso abrir una convocatoria para encontrar otro líder con el incentivo de un aumento salarial. Sin embargo, los participantes se dieron cuenta de que el aumento no era gratuito y se retiraron de la convocatoria. Ante esta situación, el reno de nariz roja decidió extender la convocatoria a todos los sectores de la fábrica mágica, pero la falta de experiencia de los seres conscientes hizo que se descartara la idea por completo.

En mayo, Patín propuso que uno de los duendes tomara el cargo, pero no logró avanzar más de tres pasos con el saco vacío y las botas negras de cuero que eran el uniforme. Sin embargo, los duendes no se rindieron y montaron un sistema de poleas y maquinaria para apoyar a Patín en su nuevo enfoque profesional. Aunque el sistema funcionaba, cargar 300 trineos no era rentable, por lo que se descartó la idea de que un duende fuera el nuevo líder.

En noviembre, Hanna, la esposa del último líder, propuso tomar el control de la navidad. Aunque se esperaba que ella hubiera adquirido conocimientos y experiencias por osmosis durante los últimos 30 años de servicio, su propuesta fracasó debido a que las "Mamás Noel" no conocían el mundo en sí y no podían reconocer y planificar rutas. Además, la producción de juguetes había quedado obsoleta y no había suficientes para los nuevos niños en oferta. Sin un líder, la navidad estaba en riesgo y no se veía una solución inmediata.

La organización tenía 23 días para encontrar una solución, pero la costumbre de no dejar nada para el último momento se había esfumado. La navidad estaba en riesgo y era un verdadero desastre.

Todos los presentes en la fábrica mágica se quedaron callados y atentos a las palabras de Rög, quien seguía hablando con voz firme y decidida:

—No importa si soy joven o no tengo experiencia, lo que importa es que tengo la pasión y la dedicación para hacer esto funcionar. Y sé que no estoy solo, sé que aquí hay gente con talento y con ganas de trabajar. Así que, ¿quién está conmigo? ¿Quién está dispuesto a ayudarme a sacar adelante la Navidad?

A medida que hablaba, Rög se dio cuenta de que las caras de los demás comenzaban a iluminarse, y poco a poco, algunos empezaron a aplaudir y a animarlo. Al final, un grupo de duendes y renos se acercaron a él y le ofrecieron su ayuda. Rög agradeció el apoyo y juntos empezaron a trabajar en un plan para rescatar la Navidad.

El plan de Rög consistió en dividir la producción de juguetes en varios grupos y asignarles diferentes tareas, desde el empaquetado hasta el etiquetado y el transporte. También se encargó de crear un nuevo sistema de rutas que fuera más eficiente y cubriera todas las nuevas casas que se habían construido en los últimos años.

Con mucho trabajo y esfuerzo, el equipo liderado por Rög logró cumplir con todas las entregas de la Navidad a tiempo. Además, sorprendió a todos al incluir regalos personalizados para cada niño, algo que nunca antes se había hecho en la fábrica mágica. La Navidad volvió a brillar con toda su magia y alegría, y el joven Rög demostró que, aunque era joven e inexperto, tenía la pasión y el coraje para liderar y sacar adelante a la organización en momentos de crisis.

Rög recorría los pasillos y pisos de la fábrica, sus palabras resonando como un eco en las mentes y corazones de aquellos que sentían que era imposible cumplir con la cuota. Pero su llamado no era solo a la batalla, sino también a la moral, y no podía haber venido en un momento mejor. Con el respaldo de un gran grupo de personas, se acercaron organizadamente pero con determinación a la oficina donde se reunían los líderes y "solicitaron" que se le diera una oportunidad a Rög. Los líderes se encontraban en una situación difícil, entre la espada y la pared. Si no cedían, la gente tomaría el control por la fuerza, pero si lo hacían, no había garantías de éxito. Sin opciones que pudieran tener un resultado positivo, se vieron forzados a aceptar el hecho de que por primera vez en la historia alguien tan joven estuviera al frente de todo.

Con anhelo en su corazón y el respaldo de los seres de la Navidad, Rög sabía de primera mano los problemas que había que solucionar y que el tiempo era escaso ya que en una semana sería Nochebuena. Así que comenzó con sus labores sin perder tiempo. Los primeros dos días se utilizaron para formar las nuevas rutas de entrega, junto con Rodolfo, salieron a todas las nuevas paradas que podrían existir y empezaron a mapearlo todo. Identificaron lugares donde dejar el trineo, puntos calientes donde debían evitar ser vistos y la posibilidad de hacer múltiples entregas en un solo lugar. Con las nuevas rutas distribuidas y analizadas, se supo del déficit de regalos y eso no se podía permitir.

Durante los próximos tres días, tenían que producir quince mil unidades más. Rög supo cómo incentivar donde debía y se percató de que los duendes eran unos maestros artesanos impresionantes. Les dio la orden de buscar la forma de optimizar las máquinas de fabricación y hacer que los trineos fueran más rápidos.

La primera solución llegó rápidamente ya que la traba en la producción de regalos se debía a que las máquinas estaban sin mantenimiento. Una simple engrasada y un par de piezas nuevas y estaban funcionando a tope otra vez. Con el apoyo y guía de las capataces, transformaron el déficit en superávit.

Durante este proceso de mantenimiento, Hanna decidió reglamentar la producción mínima por hora para evitar que esto volviera a ocurrir. Por orden de Rög, dibujó los planos de nuevas máquinas para facilitar desde el proceso de obtención de materias primas hasta la carga de los trineos. No estaban dispuestos a cometer el mismo error de nuevo.

En cuanto a los trineos, se decidió apoyar a los renos con unos motores que parecían de Biodiesel al usar el excremento de estos para sintetizar combustible mágico. Esto se logró gracias a la química mágica que se vuelve difícil de explicar. La labor de realizar esta tarea compleja estuvo a cargo de Patín, quien también decidió remplazar los anticuados mapas por un sistema de rastreo conectado a la fábrica. De esta manera, siempre sabrían dónde y cómo están los repartidores vestidos de rojo. Todo esto se logró en tres días.

Rög pensaba: "Podrá decirse mucho de nosotros, la imagen de la fábrica, pero hay que admitir que estos pequeños obreros son unos genios".

Solo quedaba una cosa por solucionar, y era una de las más complejas: devolver la moral a los demás Santas que temían hacer su labor. El día antes de la Navidad, Rög reunió a todos en el patio de la fábrica y se acomodó sobre unas cajas para hablar. Quería que su voz llegara a todos, pero sin demostrar falsa superioridad.

— Muchachos, entiendo su temor — dijo Rög de manera sobria —. Yo lo tuve durante varios meses después de la muerte de nuestro anterior jefe. La incertidumbre y el miedo no solo al fracaso, sino a partir de este mundo, nos nubló el juicio y nos hizo perder aquello que nos caracterizaba.

Se escuchaban algunos murmullos dentro de la gente, ¿realmente estaban escuchando? Al menos eso parecía.

— Pero no seremos esclavos del miedo — continuó Rög con determinación —. No permitiremos que un hecho desafortunado nos defina como organización, como personas. Es nuestro deber mantener la magia de la Navidad viva en los corazones de las personas. Porque, ¿qué sería de esta festividad sin ella? ¿Sería diciembre otro mes olvidado como noviembre? Y si dejamos que la Navidad muera por miedo, le damos la razón a aquellos que la usan como excusa para el desenfreno y el caos.

Los susurros se transformaron en arengas y la duda se convirtió en determinación. Solo quedaba darle el toque final.

¡No lo permitiremos, no lo permitiré! — exclamó Rög con determinación mientras se dirigía a la multitud. — Y mientras me sigan, les prometo bajo todo lo que es divino en estas tierras, que todos regresaremos a casa. ¡Háganlo por ustedes, por sus familias, por la tradición y por el sentido del deber! ¡No fallaremos!

Con un grito de aprobación dado por el conjunto, el destino de esta Navidad estaba sellado. Solo quedaba que pasara la noche del veintitrés. El veinticuatro de diciembre, día de Navidad, eran las seis de la tarde y todos los trineos estaban cargados tanto de regalos como de combustible, los rastreadores calibrados y las rutas a recorrer entregadas: desde Ontario hasta Río de Janeiro, desde Andalucía a Kiev, de Transilvania a Sapporo, todos los Santas estaban preparados y determinados. Mientras Patín y Hanna se quedaban en la retaguardia siguiendo el progreso de las rutas y llevando la logística de las entregas, Rög tomaba el trineo de las riendas y le daba la seña de estar preparado a Rodolfo, que encendió la luz de su nariz. Estaban autorizados para despegar.

Así comenzó la primera Navidad a cargo de Rög, y si creían que esto iba a tener un giro de tuerca y todo iba a salir mal, pues mal de su parte porque todo fue como la seda. Y no solo eso, ¡sino que todo se hizo en tiempo récord! Normalmente las entregas terminaban cuando nada más faltaban diez minutos para la medianoche, pero bajo el liderazgo de Rög, terminaron faltando media hora. Nadie se perdió, se desconcentró o estuvo bajo el más mínimo riesgo. Rög mantuvo su palabra.

Lo que siguió fue una celebración en la que se festejó el perfecto desarrollo de la navidad, que todos hubieran cumplido con su cargo, y a Rög, que demostró que a veces la experiencia puede ser derrotada por la perseverancia y la preparación adecuada. Los Santas compartieron historias y risas, y brindaron por el éxito de la misión. Rög, agradecido por la oportunidad y el apoyo de todos, prometió seguir trabajando para mejorar la fábrica mágica y asegurarse de que la magia de la navidad nunca se desvanezca.

Los ayudantes secretos

Por Ingrid Vanessa Montoya Mesa

Cuando pienso en historias navideñas, mi mente se dirige a la más hermosa y soñadora que he escuchado hasta ahora. Tuve que escribirla porque siempre pensé que sería digna de recordar, tal como me la describieron en aquel entonces.

Samuel, mi hijo mayor, que en ese momento tenía 4 años, estaba muy pensativo sobre cómo el niño Jesús podría entregar tantos regalos, ya que según él, Jesús no podía dejar el cielo. Entonces decidió contarme una historia sobre cómo se resolvería tal acontecimiento: —Ma... ¡Es que Jesús no puede venir a traer los regalos, porque él no está en la tierra! Él solo tiene alas para volar por el cielo y, bueno, pies también, pero no para caminar.—

Mostrando mi asombro, le pregunté: —Hijo, ¿entonces cómo crees que hace para entregar los regalitos?— Samu pensó unos segundos y me dijo: —Yo cierro los ojos y pido un deseo de regalo y él los tira desde el cielo.— Pero no se convenció con la respuesta e inmediatamente cambió de opinión: —¡Ah no! Yo creo que ya sé cómo lo hace: él manda a sus perritos, los que tiene en el cielo, y ellos traen los regalos. Por ejemplo, nuestra perrita Sol, que se murió, debe estar en el cielo con Dios y como ella sabe dónde vivimos nosotros, entonces puede ayudar a traer nuestros regalos.—

Quedé feliz con la explicación de Samuel y me dediqué a pensar en todas las posibilidades mágicas que tendría esa historia. No quise preguntar cómo los niños que no tenían mascotas en el cielo iban a recibir sus regalos, simplemente me quedé soñando como niña. Además, estoy segura de que todos los perritos del cielo deben conocer los misterios del universo y no tienen que haber estado en una casa para cumplir con la misión de entregar los regalos.

Mientras crecemos, cambiamos tanto y a menudo perdemos la capacidad de soñar. Todo se nos vuelve tan lógico y coherente que pocas veces podemos imaginar una respuesta tan llena de amor, magia y misterio como la de Samuel. Recuerdo que la vida es de colores, universos, posibilidades y soluciones que no siempre pertenecen a la razón, pero sí al corazón.

La Navidad no significa lo mismo para todas las personas, pero no cabe duda de que es una época que mueve corazones de muchas formas. Con este recuerdo navideño, siempre pienso que no debemos dejar de ver las cosas como niños, mantener la mente abierta y el corazón latente para disfrutar con asombro cada detalle de la vida, apreciar cada milagro y disfrutar de la magia de lo que a veces no podemos explicar, pero nos llena de felicidad. Debemos mantener vivos nuestros deseos, actuar para que se cumplan y confiar en que, a veces, lo que parece imposible puede llegar. Porque los ayudantes secretos del cielo también conocen las direcciones de los adultos. ¡Feliz Navidad!

Todos tienen voz esta navidad

Por Sebastián P. V.

¿Y dónde quedan los derechos de los duendes?

Aquí te dejo el texto corregido:

Todos los días despertando a la par del sol
como una máquina perfecta.
Trabajando sin ganas solo por dinero,
para la navidad perfecta del gordo.
Con su barrigota y su olor a rancio,
que como servidumbre siempre nos trató,
haciéndonos trabajar hasta el cansancio,
añorando tener un pinche sindicato.
El cansancio se volvió rencor y explotó,
y obvio el gordo despavorido huyó,
y fue así,
que una nueva Navidad nació.

La gasolina para poder volar

Apenas tenía un año cuando inicié,
no tenía idea de cómo poder volar,
fue entonces que renuncié,
él se acercó a mí, me vino a calmar.
Me ofreció su ayuda con un regalo,
un regalo lleno de magia navideña.
Era una foto, una foto mía como bebé reno,

volando.
A partir de ahí entendí la Navidad,
a partir de ahí creí en mí.

Santa también tiene sus problemas

Una vez al año todos hablan de mí,
tanto seres mágicos como humanos.
Una vez al año todo recae sobre mí,
llevando la ilusión de todos.
Tan bella como una flor extinta,
que con su aroma me paraliza,
para bien y para mal.
Tanta responsabilidad me agobia,
llenando mi barriga de preocupaciones.
Temiendo fracasar y desilusionar,
por tantas obligaciones.
Al estar solo es cuando puedo llorar,
pero más que nada cuando puedo soñar.
Cerrar los ojos y ser un niño más,
viviendo todo lo bello de la Navidad.
Siento la emoción de abrir regalos,
y ya no necesitar más en el mundo,
solamente esos regalos.
Abro los ojos y la ilusión me paraliza,
para bien y para mal,
con amor y con dolor,
me hace quien soy...
Santa Claus.

La esposa que deseaba ser vista.

Es de esperarse de mí lo mejor,
estar en las buenas y en las malas,
esperando como buena esposa.
Sin presencia ni voz en la Navidad,
solo la señora del gordo especial.
¿Entonces, dónde queda mi felicidad?
¿Dónde queda mi Navidad especial?
Deseo no ser solo una esposa,
quiero también ser vista por los niños,
ver sus hermosas sonrisas,
cuando nos cruzamos los caminos.
Aunque tengo miedo de fracasar,
de cumplir mi sueño de Navidad,
y no saber dar,
amor a los niños en Navidad.
Me aterra que no les agrade,
por mis muchas inseguridades.
Pero aún con miedo debo intentar,
aferrándome a mis cualidades.
Sueño con ver las sonrisas de los niños,
y leer las cartas dedicadas a mí,
letra por letra llena de cariño,
dándome felicidad a mí.
Deseo ser vista,
deseo tener mi Navidad especial.
Seré vista,
tendré mi Navidad especial.

Una fecha especial

Por Cristhian Fernando Parrado Huertas

Las llamas se mecían con el viento y la respiración. Cada llama encendía a la siguiente, dando inicio al fin de la anterior. El espacio se iluminaba poco a poco y las sombras aparecían. No podía apartar la mirada de los pabilos negros envueltos en la incandescencia. Las formas que aparecían lentamente al derretirse la cera se mezclaban con mis recuerdos. Me parecía escuchar los gritos de mi vecino "¡Sálvame, Señor!" en su época de fanatismo, mientras colocaba una de las velas para que se mantuviera en pie con sus propias gotas.

Recordé el día en que la chica del primer piso me mostró accidentalmente sus senos al tener las cortinas abiertas de par en par. Una vela azul y otra roja se doblaban y se fundían juntas, recreando un caliente y líquido morado.

Pensaba en el pino que saludaba todas las mañanas al abrir la ventana de mi cuarto, cuando una niña encendió una chispita que iluminó todo en un segundo. Dejando ver el reflejo de mi rostro en una puerta de cristal y una llama al tope, que remaba con el último trozo de mecha por un increíble río de colores.

Luces con reflejos de ti

Por Maria Arroyo

Ha pasado tanto tiempo desde que te fuiste que no puedo ni contar los años con los dedos de mis manos. Sin embargo, tu imagen sigue estando tan viva en mi mente que a veces pienso que no te has ido, sino que estás esperándome en algún lugar. Durante esta época navideña, en la que todos están felices, siento tu ausencia más que nunca. Recuerdo cuando estabas aquí y me sentía el ser más feliz jamás creado.

Desde hoy he decidido no pensar en cosas negativas. Solo pensaré en tiempos hermosos, como el momento en que te estaba conquistando y te regalaba chocolates con tarjetas que expresaban mis sentimientos por ti. También recuerdo los Halloween en que, a pesar de ser adultos, nos disfrazábamos y salíamos a pedir dulces. Y cómo olvidar lo feliz que te ponías al decorar la casa para la Navidad. Los días 7 de diciembre eran especiales, con las hermosas velas de colores que iluminaban la habitación y creaban un ambiente de pasión. Las llamas ardientes solo podían ser descritas y pintadas por un verdadero artista. También recuerdo los roces estimulantes de nuestra piel, los ruidos de la música y tu agitada respiración, y cómo el calor subía mientras más tiempo pasábamos juntos. Cada toque a tu piel era como tocar a la flor más delicada del mundo. Y cómo olvidar aquellas veces en que me aferraba a ti, solo para asegurarme de que no desaparecieras en cuanto te soltara. Pero ahora ya no estás a mi alcance.

Si en este momento me preguntaran qué tanto es lo que recuerdo de ti, quizás no sea mucho. Pero empezaría a enumerar uno por uno tus rasgos y virtudes, desde tu cabeza hasta tus hermosos pies.

Así es como te recuerdo: tu cabello de color castaño oscuro, planchado minuciosamente sin dejar ni un rizo suelto. Pero cuando nos encontrábamos bajo la lluvia, se revelaba su verdadera naturaleza. Tu mirada, que inconscientemente me hacía saber que morías de deseo por mí. Tu nariz, que disfrutaba el olor del hombre joven que emanaba de mi cuerpo. Y cómo olvidar tus labios con la textura y sabor perfectos, que eran deliciosos por sí solos. Aunque el la textura de los labiales y brillos que te ponías lo arruinaba un poco, pero aun así para mí era el manjar más delicioso que alguien había podido crear.

Decías que no te gustaba mucho tener el cuello expuesto, pero cuando estábamos solos, solías recogerlo y mostrarme una faceta de ti que nadie más había conocido, haciéndome sentir afortunado. También recuerdo las veces en que me comportaba un poco infantil contigo, apretándote las mejillas y jugando con ellas. Ver tu enfurruñada carita era un festín para mis ojos, a mi parecer eras muy tierna.

Aunque se me estaban olvidando algunas cosas, también recuerdo tus manos, que en comparación con las mías eran mucho más pequeñas y tiernas. Y cómo olvidar tus pies, que parecían bailar en mis zapatos.

Muchas personas piensan que nada es perfecto, pero creo que es porque no te han conocido o nunca han sabido de ti. Sé que soy egoísta, pero me alegra ser la única persona que sabe el grado de belleza que puedes alcanzar y el resultado final después de despertar a mi lado.

Quisiera recordar algunos hechos de la Navidad pasada, pero la verdad es que no puedo separar entre ambos tiempos. A veces el pasado se mezcla con el presente y me deja en estado de shock. Hace como dos semanas sentí que estabas a mi lado, perfecta como siempre. Cuando recuperé la cordura, me encontraba besando el aire y tú no estabas allí.

Ha pasado bastante tiempo. Amor, déjame decirte que recientemente me siento mejor que antes. He estado asistiendo a terapia, compartiendo mis pensamientos con otras personas y haciendo nuevos amigos. Pero no he encontrado un nuevo amor. Ahora comprendo un poco mejor el significado de la frase "Las cosas pasan, pero el tiempo no se detiene".

En esta Navidad, para sentir que aún estás conmigo, estoy haciendo casi todas las cosas que te gustaba hacer en estas fechas. Se supone que no muere quien se va, solo muere quien se olvida. Permíteme nunca olvidarte por el resto de mi vida. Esta Navidad la celebro en conmemoración a ti, a tu hermoso ser que aunque no estés físicamente, sé que siempre me acompañas.

El día que más sentí tu ausencia fue el 7 del mes pasado a las 8 de la noche. En los últimos años, siempre lo pasábamos juntos. Pero el sentimiento de soledad fue breve, ya que recordé una frase que me dijiste una vez: "Si alguna vez te sientes solo, dibuja mi rostro en las pequeñas y hermosas luces centelleantes en cualquier dirección que mires, para bien o para mal. Así sabrás que estoy contigo". Comencé a buscarte en todas las direcciones y descubrí que podía ver pequeños fragmentos de ti en las luces más brillantes.

Más tarde, cuando sentí que mis ojos estaban cansados de mirar las luces, descubrí la iluminación más hermosa de todas: la luna. Me recordaba a ti. La forma en que brillaba y daba luz a su alrededor, aunque no todos la notaran, me llevaba a pensar en tu sonrisa. Para los extraños, no significaba nada, pero para las personas cercanas a ti, era un rayo de alegría. Para mí, esa sonrisa representaba luz y esperanza. Había veces en que me sentía como una planta al borde de la extinción, cansada de luchar por mantenerse en pie y completamente sedienta. Tu sonrisa era como ese apoyo que me daba fuerzas y el agua que me daba ganas de vivir.

Por alguna extraña razón, siento que he crecido en conocimiento. Antes solía pensar que yo era la persona más desafortunada y miserable del mundo. Pero ahora sé que, así como el cielo se llevó a mi ser amado, hay personas que han perdido no solo a un ser querido, sino a dos, tres, e incluso a toda su familia en un solo instante a causa de un accidente. De alguna forma, encontraron la fuerza para reponerse. Eso solo demuestra la gran fortaleza y determinación que puede llegar a tener un ser humano.

Ustedes, al igual que yo, a lo largo de los años, han perdido a muchos seres queridos, y aún más en estos tiempos de pandemia, donde personas jóvenes y sanas ya no están con nosotros. Y cómo olvidar a esas mascotas que en vida nos trajeron más alegría y felicidad de la que les pudimos dar. Quiero decirles que está bien que recuerden los momentos felices que vivieron con ese ser y piensen que el hecho de que ya no estén con nosotros no es más que una corta despedida para después reencontrarnos. En lugar de ponernos tristes porque nos dejaron, pensemos que si se fueron, hubo una buena razón para ello.

Para quienes no están y para quienes los recordamos

Luces con reflejos de ti

Navidad que destello escondes

Aunque ya no estés aquí

Procuraré guardar tu nombre

Esas fechas importantes

De alegrías en el corazón

Son lo que nos hace fuerte

para afrontar el dolor.

Nuestra anhelada navidad

Por Karen Marcela Alba Gómez

Dedicado a mi abuela, a mi madre, y a mis tíos.

Después de la novena, regresamos a casa con una gran sonrisa en el rostro, emocionados por la proximidad de la Nochebuena. La emoción era palpable en el aire, en los villancicos que cantábamos en el camino de regreso, y en las luces que se iban encendiendo en las casas a medida que avanzábamos.

Al llegar a casa, nos recibió la maravillosa vista de nuestra pequeña casa adornada con luces de colores, guirnaldas y velas encendidas. Era mágico. Papá cortó leña y preparó el fuego para la cena de Nochebuena mientras mamá y las niñas empezamos a preparar la comida. El aroma de la cena se mezclaba con el de los pinos y los villancicos que se escuchaban en la radio.

Finalmente llegó la hora de la cena. Nos sentamos alrededor de la mesa y oramos juntos antes de empezar a comer. La cena siempre era deliciosa y nos brindaba la oportunidad de compartir y disfrutar juntos en familia. Después de la cena, nos sentamos en la sala a abrir los regalos. Era emocionante ver las caras de felicidad de cada uno de nosotros al abrir los regalos que habíamos esperado con tanta ilusión.

La noche continuó con juegos de mesa y más villancicos, y luego, poco a poco, nos fuimos a dormir con la alegría en el corazón de haber vivido una Nochebuena maravillosa. La Navidad siempre nos unía más como familia y nos recordaba el amor y la alegría que debemos compartir no solo en estas fechas, sino en todo momento.

¿Ustedes dirían "anhelado"? Sí, anhelado. Este regalo nos lo daba la señora que hacía las novenas el 24 de diciembre, pero la única condición para que nos lo entregara era que debíamos asistir todos los días a la novena. Esa era la única regla que había, por lo que intentábamos cumplir con las tareas y quehaceres para poder asistir y no perder la oportunidad de tener nuestro anhelado regalo.

Con el paso de los días, entre quehaceres, caminatas nocturnas, novenas y villancicos, llegó el tan esperado día: el 24 de diciembre. Ese día, mamá decidió que fuéramos todos, aunque todavía tuvimos que hacer las tareas y quehaceres como siempre. Llegamos y disfrutamos al máximo de la última novena de este año, ya que siempre sentíamos que la Navidad tardaba mucho en llegar. Uno de los momentos más esperados y emocionantes llegó cuando nos entregaron nuestro regalito.

Puede que solo fuera una pequeña muñeca, un carrito o una pelota, pero nos hacía muy felices. Tal vez era sentir que todos nuestros esfuerzos habían valido la pena o el hecho de que tendríamos nuestro anhelado regalo y que podríamos jugar y compartirlo entre nosotros. No sabíamos qué era, pero la alegría de estar todos juntos, compartir y jugar con nuestros primos, amigos y vecinos se podía sentir en todo el lugar.

Regresamos a casa felices por todo lo vivido y agradecidos por tener nuestro anhelado regalito. Nos acostamos a dormir, sin saber que aún nos esperaba una pequeña sorpresa. Cuando llegó la medianoche, papá nos despertó. Nos levantamos y él nos esperaba con una botella de vino de uva moscatel dulce y una caja de galletas. Nos dio a cada uno una pequeña copita de vino y unas galletas.

Nos deseamos una Feliz Navidad entre todos, disfrutamos del vino y las galletas mientras los abrazos iban y venían. Luego nos fuimos a dormir. Al día siguiente, nos levantamos con gran alegría para hacer nuestros quehaceres y también para jugar con nuestros regalos.

Abro mis ojos y veo a mis hermanos. Me doy cuenta de que ya no somos aquellos niños y una sonrisa con un toque de nostalgia aparece en mis labios. Todos nos hemos convertido en hombres y mujeres que crecimos con grandes enseñanzas y que hacemos lo posible por transmitirlas a nuestros hijos, sobrinos y nietos. Les enseñamos que la Navidad, más allá de lo material, es el espíritu de compartir y de la alegría de estar en familia. Les enseñamos que no importa el valor del regalo, lo importante es darlo con cariño, porque cada momento se debe disfrutar con el corazón y la mente. Es muy difícil que se repita de la misma manera y más en estos tiempos en los que podemos compartir con nuestros seres queridos, aunque tengamos que cruzar una distancia espiritual.

Y a ti, que estás leyendo este escrito, te deseo que tengas una hermosa y anhelada Navidad.

Un acto de amor en navidad

Por Julie Milena Neme Cantillo

Hace muchos años, en un pequeño, tranquilo y acogedor pueblo lejano, vivía una niña cuyo nombre hacía referencia a la ciudad donde nació Jesús de Nazaret: Belén. Esta pequeña era muy conocida en todo el pueblo gracias a su única y especial manera de ser. Era humilde, generosa, alegre y siempre llevaba una sonrisa de oreja a oreja en su rostro, lo que la hacía muy especial.

Belén podía ver más allá de lo que sus grandes ojos le mostraban. Era demasiado detallista y observadora, le gustaba pasear por las calles del pueblo en las tardes. Una de las épocas más esperadas en todo el año por ella era la Navidad.

Un día despertó más feliz de lo habitual, pues sabía que en las vísperas decembrinas, el pueblo se engalanaba, a pesar de ser tan pequeño, con montones de guirnaldas que colgaban de lado a lado, como haciendo calles de honor para darle la bienvenida a las fiestas. Las lucecitas de colores adornaban las ventanas de todas las casas, incluso las más modestas. Por supuesto, Belén se disponía a complementar el jolgorio en aquel recóndito lugar haciendo lo que acostumbraba cada año en esas fechas: algo que ella llamaba "Un acto de amor".

Salió de casa saltando como un trampolín, brincando a cada paso que daba y fijando su mirada en cuanta piña seca se le atravesara en el camino para hacer un lindo adorno navideño y regalárselo a su nuevo vecino de quien aún no sabía el nombre, lo había visto solo un par de veces asomarse al umbral de la ventana, pero siempre que ella quería saludarlo, él parecía querer esconderse tras las cortinas y no solo él sino a su tristeza también, pues Belén había notado que vivía solo con su madre, tampoco tenía amigos y en su rostro desvanecido tras las telas que no lo dejaban ver en todo su esplendor, llevaba un tinte de aflicción que a Belén le llamó mucho la atención.

Decidió que su —acto de amor— para ese año, sería lograr sacarle una sonrisa a su nuevo vecino, supuso que quizás él estaba triste porque aún no tenía obsequios en su arbolito de navidad y aunque le hubiese encantado arrancarse su despampanante sonrisa para dársela, pues esto no sería posible, entonces se le ocurrió fabricarle un detalle con sus propias manos.

Para cuando llegó el día de navidad, Belén ya tenía listo el obsequio que le entregaría a aquel pequeño, recolectó piñas secas durante varios días, le colocó unas cuantas espigas, listones de colores, un par de bolitas que arrancó de su propio árbol y por último una velita en medio para que la prendiera y pudiera pedir un deseo esa misma noche. Pensó que sería el momento indicado de ir a entregárselo y cumplir con su cometido. La magia de la noche buena sería su gran aliada.

Había llegado el atardecer y mientras se escondía el sol en medio de los cerros, comenzaban a caer algunos copos de nieve sobre los techos de las casas, esto para Belén era sinónimo de un buen augurio. Fue entonces cuando se colocó su abrigo tejido, guantes y gorro navideño, tomó el obsequio y abrió su puerta con esa seguridad de quien sabe que tiene ganada una partida antes de jugarla.

Al llegar a la casa del niño, golpeo fuerte un par de veces y la puerta se abrió inesperadamente con el viento de cómplice, notó como dos círculos grandotes hacían un ruido rechinante al girar sobre la madera vieja del lugar, pensó que se trataba de algún juguete, pero era su futuro amigo acercándose sigilosamente hacia la puerta sentado sobre una silla de ruedas.

Belén por poco y deja caer el obsequio que llevaba en sus manos, quedó con la boca abierta y esa sonrisa que nunca se quitaba ni para dormir, parecía haberse perdido en medio de su asombro.

Él se detuvo justo frente a ella, era de tez blanca y pálida, parecía confundirse con la escasa nieve que caía en ese momento, su delgada contextura lo sumergía entre su vestimenta y llevaba sobre sus piernas una manta, sin duda para cubrirlas del aire helado que abrazaba el pueblo cada vez más fuerte.

Susurró tres palabras sin aliento: — Me llamo Rufus.

Belén lo saludó y casi que tartamudeando se presentó, tuvo que mover varias veces su cabeza de lado a lado sacudiéndose la extrañeza por la que se dejó llevar en el momento. Dentro de su majestuosa inocencia, para ella era todo un suceso ver a Rufus sentado sobre esa silla, pues en el pueblo jamás había visto algo tan siquiera similar, era muy divertido el hecho de andar sobre ruedas sin la necesidad de caminar, así que no dudó en manifestarle el motivo de su admiración haciéndolo sentir cómo un ser increíble más no como un fenómeno.

El niño quedó aún mucho más estupefacto, no entendía cómo alguien en lugar de demostrarle lastima o pesar, parecía estar fascinada de conocerlo, eso hizo que en su interior revolotearan síntomas de felicidad, ya que había pasado toda su corta vida en una silla de ruedas siendo objeto de burlas en el lugar donde vivió con anterioridad.

Rufus se alegró de conocer a alguien que lo viera con otros ojos, pero, a pesar de eso seguía sin sonreír, entonces Belén aprovechó el momento para entregarle su grandioso obsequio. Estiró sus brazos, abrió aún más su mirada, levantó las cejas tan alto que por poco se escapan de un santiamén de su rostro y llena de felicidad puso el regalo sobre las piernas de él.

En ese instante comenzó la cuenta regresiva para Belén, anhelaba obtener como respuesta lo que se había propuesto desde un inicio, verlo sonreír. Aquella ofrenda navideña hizo que Rufus volviera a caer en un estado de fascinación, sujetó de inmediato el obsequio, lo acercó a su pecho y detrás de esa vela aún sin prender se comenzó a dibujar una sutil sonrisa. No entendía por qué alguien que apenas lo conoce podía tener ese gesto de amabilidad tan grande hacía él sin emitir mofas o pesares.

Belén al darse cuenta, dio brincos de alegría, su acto de amor estaba dando frutos, tenía que ponerle el toque final para sacarle a esa escasa pero sustanciosa expresión de alegría tan siquiera un pequeño sonido, quería saber cómo se escuchaba el timbre de felicidad en el rostro de su nuevo amigo.

Comenzó por decirle que nadie debería sentirse triste y mucho menos en navidad, mientras le hablaba lo miraba fijamente a los ojos, no quería perder su atención ni un solo segundo, fue entonces cuando flexionó un poco sus rodillas y puso sus manos sobre sus piernas, sosteniendo el peso de su cuerpo en estas para quedar casi a su mismo nivel.

En tono susurrante se acercó más hacia él y le contó que en el pueblo existía la magia de la Navidad para todo aquel quien así lo creyera. — "Si se colocaba una vela en medio de cuatro piñas secas y ésta era encendida en noche buena, cualquier deseo que se le pidiera se cumpliría al instante pero solo y únicamente si se pedía creyendo desde lo más profundo de su ser". — Finalizó reiterándole la importancia de creer, no solo en la magia de la navidad, también debía creer en él.

Rufus procesaba el relato recién contado en su memoria para no perder registro alguno de lo que acababa de escuchar y tras algunos segundos sin decir una sola palabra, agachó su cabeza y recordó que hace mucho tiempo no creía que fuese capaz de algo, solo hasta ese momento en el que al parecer acababa de recibir el mejor regalo de navidad.

Luego de que Belén lanzara ese dardo lingüístico a los pensamientos de su nuevo vecino y de que él se despabilara de su estado incrédulo, decidieron pedir juntos un deseo, se sentaron cerca del árbol de navidad que la mamá de Rufus le había construido con algunos trozos de cartón. Contaron hasta tres y encendieron la vela, después cerraron los ojos apachurrándolos con gran fuerza para emitirle más intensidad a su anhelo y al abrirlos se miraron fijamente a la espera de que algo sucediera.

Ninguno de los dos sabía que había pedido cada quien. Rufus soltó una carcajada muy peculiar que hizo sacudir el roble entablillado que adornaba la entrada de su casa, la nieve que había estado carente se alborotaba con rapidez y Belén no paraba de reír con él, ambos sabían que habían creído enormemente en lo que habían pedido.

De repente, las cortinas de las ventanas comenzaron a tambalearse, los vidrios zumbaban anunciando que algo maravilloso estaba a punto de pasar, los cubiertos sobre la mesa se levantaban intercaladamente emitiendo una melodía armoniosa mientras que afuera se formaban grandes muñecos de nieve por si solos. No podía ser nada más que la magia de la navidad llegando a la vida de ese par de niños soñadores.

Belén notó que los pies de Rufus se movían con ritmo y gallardía, algo de lo que él ya se había percatado, por eso no paraba de reír, sus piernas querían que se levantara de la silla lanzando patadas al viento involuntariamente, fue en ese fantástico trance que Belén actuó tomando las manos de su ahora gran amigo y ayudándolo lentamente lo puso en pie.

—¿Listo para dar tu primer paso? Le preguntó Belén.

—¡Más que listo! Exclamó él.

Caminó con agilidad, recorriendo cada rincón de su casa como si la hubiese visto por primera vez, Belén le seguía los pasos y juntos cantaban un villancico navideño que sonaba de fondo en la plaza del pueblo. No querían que ese momento terminara, pero los campanazos de la iglesia reunían para la novena de aguinaldos a todos los habitantes del lugar y ellos no podían ser la excepción.

Los niños comenzaron a salir de sus casas, corrían ansiosos hacia el pesebre que habían construido en el parque y Rufus antes de unirse a la maratón para estrenar sus piernas, quiso preguntarle a Belén qué era lo que había pedido cómo deseo, a lo que ella le contestó: — Pedí con todas las fuerzas de mi corazón y creyendo en lo más profundo de mi ser que tu deseo se cumpliera.

Fue allí donde la magia de la navidad cobró más vida que nunca, Belén no solo logró su acto de amor, sino que le devolvió la esperanza a Rufus de creer, de anular cualquier límite mental y al mismo tiempo se regalaron sin pensarlo una linda y perdurable amistad.

Desde ese día, se reúnen cada noche buena para regalarle el milagro de la navidad a quien lo necesite.

Creciendo Juntos

Por Sandra Milena Bonilla Mendieta

¡Llegó diciembre! ¡Qué felicidad! Este mes lo anhelo con todo mi corazón porque me hace recordar mi infancia y muchas cosas que viví cuando era pequeña y que hoy en día son la base primordial de lo que soy como persona.

De pequeña, vivía junto a mi mamá y mi hermano en el campo. Mi madre es una mujer trabajadora y se esforzaba por darnos lo que necesitábamos. Tenía dos roles: madre y padre. Trabajaba como cocinera en algunas fincas, lavaba ropa a los trabajadores, cosechaba café y cultivaba frijoles. Cualquier trabajo honroso que se le presentara, ella estaba en primera fila. Gracias a ese esfuerzo, después de cinco años, pudimos comprar nuestra propia parcela. Fue emocionante tener nuestra propia tierra y empezamos a construir una casa en bahareque (estibas y barro) con nuestras propias manos. Al finalizar, el resultado fue estupendo: una casa pequeña de dos habitaciones, cocina y servicio público, humilde y acogedora.

La Navidad siempre fue una época muy especial para nosotros, aunque en otras fincas la disfrutábamos con ciertas restricciones. Siempre quisimos decorar un árbol, pero los patrones de mi madre nunca nos permitieron hacerlo. Sabíamos que en nuestra nueva casa no habría limitaciones, así que esperábamos con ansias que llegara esa época para disfrutarla como siempre lo habíamos soñado. Y el día que llegó fue magistral.

Recuerdo que mi mamá me dijo, —Sandra, vaya con su hermano al cafetal y traiga el mejor palo de chamizo seco con varias ramas—. Yo le pregunté, —Bueno mamita, ¿le traigo el más alto?—. Ella respondió, —No hija, no nos alcanza el algodón, tráigalo pequeño—. Me fui junto a mi hermano al cafetal, nos subimos a los árboles de frutas para comer sus frutos, jugamos y, después de un cierto tiempo, nos enfocamos en buscar el chamizo. Una vez que lo encontramos, regresamos a casa.

Mi mamá estaba furiosa por la demora y nos sacó una bolsa negra que estaba debajo de la cama. Contenía 5 papás Noel de tamaño mini, un buen tramo de algodón y el resto eran bolas de color rojo junto con un pedazo de papel regalo arrugado. Una vez que sacamos las cosas de la bolsa, comenzamos a enredar el algodón rama por rama al chamizo. Mi madre nos miraba de lejos, viendo lo juiciosos que estábamos y lo mucho que disfrutábamos de esa labor. Se acercaba poco a poco hasta llegar a donde estábamos y nos ayudaba a adornarlo con más algodón. Era un momento muy especial, estábamos adornando y cantando los 50 de Joselito.

Terminado el árbol cubierto de algodón, empezamos a colgar las bolas y los papás Noel en las ramas de forma salteada. Finalmente, pusimos papel de regalo forrando la matera. Mi madre nos hizo sufrir cuando clavó el árbol de Navidad en la matera. Entre nosotros hablábamos, —¿Qué tal si se cae el árbol de Navidad?—. Le preguntamos si lo había enterrado con fuerza y ella nos respondió con seguridad que había quedado perfecto. Luego, le buscamos un lugar especial para ponerlo. Lo colocamos en una esquina sobre una mesa con un mantel bonito de color verde. Precisamente si pasaba alguien por el andén, lo podía ver. Nos abrazamos de lo felices que estábamos de ver nuestro árbol de Navidad. A pesar de que la casa no tenía luz y no podíamos ponerle luces, el solo hecho de adornarlo y tenerlo allí frente a nosotros, poder tocarlo, era sinónimo de victoria.

Éramos un hogar de escasos recursos, mi mamá salía a trabajar y nosotros nos quedábamos juiciosos haciendo los quehaceres de la casa, nos poníamos hablar con mi hermano Leimer ¿Cómo será nuestra navidad? no nos afanábamos si había regalo o ropa para estrenar, lo que verdaderamente nos importaba estar juntos y que mamá ese día hiciera torta de banano para comer, (si había dinero comíamos buñuelos y natilla, y si no había solo la cena), orar a Dios agradecer porque estábamos juntos era la mejor navidad que podíamos tener. Mi mama ese día siempre lo recibía con la casa limpia, nos decía: q***ue la casa parezca un espejo de limpia*** y mientras hacíamos la labor nos ponía música de una grabadora de pilas que ella tenía, nos sentíamos muy felices, nunca le reprochamos a nuestra madre las carencias que había, ella siempre nos enseñó que hoy tal vez no teníamos para comida pero mañana podríamos estar comiendo en abundancia, esa era la esperanza que ella nos transmitía y que la felicidad no dependía si tenía o no, el solo hecho de respirar ya debíamos ser felices.

Esa primer navidad que disfrutamos en nuestra propia casa, nunca se me va a olvidar, y para serle sincera no fue la primera navidad con escasez fueron muchas más, teníamos que jugar al cara y sello porque si teníamos para una cosa no teníamos para otra y para decidir acudíamos a esa técnica de juego. Hoy en día no vivo en la abundancia como es mi sueño para poder regalar cenas navideñas a muchas personas de escasos recursos, pero con la ayuda de Dios sé que lo lograre. Por eso me decidí a escribir esta historia, porque he visto el fenómeno de ver gente a mi alrededor triste, deprimida porque no tienen ropa para estrenar, o lo más terrible deprimidos y aun ni siquiera ha llegado el mes de diciembre, pensando en ¿Cuál será la ropa de moda para estrenar? ¿Qué vamos a comer de cena navideña? Son tantos los casos que Dios me ha permitido presencial que por ese motivo les estoy escribiendo, sí él me dio la oportunidad y el don para escribir, lo estoy haciendo con todo el amor del mundo. Mi intención no es juzgar y si lo has percibido de esa forma perdóname, el objetivo de este relato es prestarte mis ojos para que conozcas el verdadero significado de la navidad, estar compartiendo en familia, dar carcajadas de pulmón, comer con agradecimiento sin importar si es el manjar más delicioso en tu paladar o simplemente es el mismo caldo de pollo que has comido en todo el año, esa es la verdadera navidad querido lector.

Los años iban pasando y el palo de chamizo seguía siendo el principal protagonista de la navidad, cada año le agregábamos más cosas, y gloria a Dios mi mamá le mando a instalar luz eléctrica a nuestra casa, ya se le podía poner luces al arbolito y en cada parpadeo de los bombillos hacia vibrar mi corazón, me sentía muy feliz. Mi madre es sociable, empezó hacer amistades con los vecinos hacer canje con lo que preparaban en la navidad, ella hacia torta de banano, algunas veces buñuelos y natilla y les enviaba a sus vecinos y de regreso llegaban tamales, ¡wow que felicidad! era un plato exquisito para nosotros, casi nunca lo probábamos, cuando mamá nos repartía la cena yo duraba un poco más de tiempo del usual para que no se terminara el tamal tan rápido y poderlo saborear con el alma. Hoy agradezco públicamente a esa señora Arcelia Salcedo que nos bendecía con ese plato. Con todo mi amor les deseo una feliz navidad y próspero año 2023, que mi padre celestial sobreabunde sus lagares, y de corazón sean agradecidos con lo que tienen, que lo mejor está por venir.

La navidad del fin del mundo

Por Iván Diaz Zuluaga

Los sabios olvidados dicen que hay fuerzas poderosas e indescriptibles que se ocultan en lo más profundo del corazón de los hombres, donde el corazón y el alma se mezclan en uno. Se dice que estas fuerzas han sido despreciadas y desechadas en favor de otras cosas como baratijas y espejismos ilusorios sin valor. Sin embargo, los débiles seres humanos todavía anhelan y necesitan trascender, romper las cadenas y volar libremente.

El día se sentía triste, plomizo y gris. Balas y bombas caían del cielo y se mezclaban con la lluvia. Cuando ésta caía sobre la tierra, encontraba que la sangre había ocupado su lugar y regaba sus frutos de muerte y horror. Las botas de los soldados parecían no avanzar, atascadas en el barro y la nieve. En cada paso se podía sentir cómo la tierra enfermaba al recibir la sangre de sus hijos.

Era la noche esperada, su fecha había sido fijada por los poderosos del mundo y así debía cumplirse. Las tropas dormían por última vez sin saber que a la madrugada llegaría una nueva orden, un nuevo rumbo. El fin ya estaba allí: en una parte del mundo se detenía la luz pero no por mucho, y en la otra se acercaba la tarde, la noche, el sueño, la incógnita y el desvelo. Muchos se revolcaban en sus camas, insomnes y alertas, unos a la espera de la Navidad y otros del fin.

—¡Despierta! ¡Tenemos que irnos! —gritó el sargento sacudiendo al soldado que dormía profundamente.

El soldado se levantó de un salto, confundido y aturdido. ¿A dónde iban? ¿Qué estaba pasando? No tenía respuestas a esas preguntas. Solo sabía que debía obedecer al sargento y seguir adelante, aunque eso significara enfrentar lo desconocido.

Los poderosos, desde lo alto de sus gigantescos rascacielos, observaban la gran ciudad. Las luces nunca se apagaban y destellaban con poderío, como una imagen semejante a la de sus dioses. Políticos y banqueros tomaban sus bebidas en sus mansiones mientras daban las últimas instrucciones de su último plan. Quizás algún ciudadano común pudiera dormir esa noche, pero los poetas y místicos luchaban contra el sueño buscando la inspiración y la iluminación. Los demás se revolcaban en sus camas, insomnes, alertas y extrañados ante la falta de sueño y ese repentino sentimiento. En esa noche se esperaba el fin. Todas las guerras desaparecían de repente para engendrar una sola, quizás la última. Los poderosos se frotaban las manos, por fin podrían destruirlo todo, sin dejar piedra sobre piedra. Era la guerra final contra los hombres, contra la humanidad misma y su divina grandeza.

En esa madrugada la aurora boreal cubría los cielos, sus luces verdes y rojas traspasaban los objetos y los muros, para que cada uno pudiera ver este celestial aviso. La luna era grande y brillante, había sangrado toda la noche y aún conservaba un pequeño color rojizo. Las mareas y las lluvias alteraban los mares e inquietaban la naturaleza. Los vientos del norte bajaban con fuerza y arrasaban con la naturaleza débil, renovando y abriendo paso a vientos aún más fuertes y a un pequeño silbido que llegaba desde lo profundo de la tierra o desde lo más alto del cielo.

Su madre le decía: "No temas a los monstruos. Tienes que hablar con ellos, hacerles preguntas y conocerlos. Sabes que algunos personajes, entre ellos héroes y villanos, han dejado sus mundos y se han trasladado al nuestro. La fuerza de su espíritu, sus ideales y sus acciones nos rodea a diario. Ellos querían ir más allá de lo conocido y romper los límites. Ahora, su llegada es un regalo o un peligro para nosotros. Los confrontamos cada día, los encontramos en nuestros caminos sin saber de qué historia se han escapado. Héroes o villanos son muy similares, están en su camino de lo que llegarán a ser. Muchos aún no han culminado la hazaña de heroísmo o el acto de maldad que dará a conocer su nombre. E incluso si algunos ya lo han hecho, nadie ha fijado sus siguientes pasos o escrito su destino final. Y aunque no lo creas, los monstruos fueron también niños, como tú y como yo. Ellos tuvieron familias o alguien a quien amar, pero no supieron decidir, se olvidaron de soñar".

Recuerda que todo héroe también necesita ser salvado. Incluso los villanos han formado el carácter y la virtud del héroe de alguna forma. Un villano aún tiene redención y perdón, pero para un monstruo es más difícil. Todos estamos a una acción de convertirnos en héroes o villanos y a dos actos de convertirnos en monstruos. Por eso, no les huyas, enfréntalos e intenta salvar a un monstruo mientras luchas contra él. Y sobre todo, perdónale, porque fue un hombre y un héroe que falló en su camino y ahora ha dejado de ser hombre. El héroe más grande es aquel que ha salvado a un monstruo, porque ha aprendido a amarle desde que aún era un villano.

Aquella noche, como de costumbre, flexionó sus rodillas contra su pecho y las abrazó. Antes de ocultar su cabeza dentro de este agujero corpóreo, cubrió su cuerpo con la única manta que tenía. Esta olía a smog y polvo. Era una noche más donde tendría la fortuna de estar cubierto bajo el abrigo del puente, el cual tambaleaba sobre su cabeza al paso de los autos y le arrullaba. Pero cuando su pequeño cuerpo no estaba en la posición correcta, las frágiles gotas que se desprendían en hileras le torturaban suave pero continuamente. Él no percibía el fuerte olor a orines común en los rincones, porque la humedad ya había destruido su olfato y afectado sus bronquios.

Juan Tristeza había nacido en las calles de esta ciudad fría, desde la guerra siempre post—apocalíptica, en un estado latente y continuo de destrucción y decadencia. En este lugar, lo normal y la fantasía se tenían que soñar juntos, y el granizo soñaba con ser nieve. Las calles eran el hogar de increíbles individuos como El Chiflón, su compañero de crimen, el temible Resfriado y otros monstruos que siempre le acechaban. Él pertenecía a un grupo de individuos aún más increíbles: "Los Invisibles". Su condición de invisible lo mantenía bajo la dictadura de las calles entre el maltrato y la humedad, la cual moldea las calles, las piedras y los bolardos, al igual que ablanda lo que también alguna vez fueron duros corazones. Pero su corazón, un corazón de infante, aún latía. Era blando e inocente, sin pasiones, rebosante de sueños pero rodeado de peligros y monstruos.

No quería pensar en las molestias de su andariego día. Ya no había desprecio ni ojos de desaprobación. Ahora estaba en su manta—refugio, peluda y oscura. Algo que a los zorros les recuerda su cueva, a los pájaros su nido y a los niños de las calles su madre. Sus ojos se cerraban fuertemente para ocultarse de este mundo que lo rechazaba. Este ocultamiento llegaba profundo en su ser, para ocultar también la esperada luz que deseaba algún día ver su corazón. Entonces, en esta evasión, caía dormido, no sin antes recordar a su madre y sus historias. Suspiraba de golpe, agradeciendo en ese suspiro el tan esperado final del día. Esperando, sin embargo, la magia del que se aproxima.

Antes de dormir, pensó que la guerra viene de países lejanos, como el suyo. El más viejo recuerdo que tenía de ello era el de su madre, que ya no estaba. En su mente permanecían sus hermosos ojos negros, su cabello negro y liso, cubierto por una manta, sus labios rojos y agrietados, y su piel canela. Podía oír todas las historias en su mente. Ella decía que era una Hakawati (contadora de historias) y que cuando oyes la historia de una Hakawati y ella decide darte magia en sus palabras, entonces no podrás olvidar, porque siempre te acompañará ese sentimiento. Recordaba las historias sobre su padre, un hombre valiente y sincero, y de sus hermanos mayores, Ali y Mohamed. El primero dado al atletismo, fútbol, combate... un excelente deportista, y Mohamed más preocupado por el Corán, los idiomas y la literatura. Ellos se habían quedado atrás defendiendo su país, mientras su madre y él escapaban al país del norte, de la nieve, de la gente de cabellos rubios y ojos azules. Mientras Mohamed se negaba, él decía que esa gente era peligrosa y que ellos eran los verdaderos culpables de la guerra y habían iniciado todo. Culminaba su madre con gesto reflexivo y de resignación.

Existen diversos tipos de monstruos, pero entre los más peligrosos se encuentran aquellos que roban la infancia, especialmente de los "invisibles", aquellos niños que se ocultan de los monstruos en las calles pero que siempre están en peligro de caer en sus garras durante el día o la noche. Estos monstruos los convierten en esclavos o, en algunos casos, deciden tomar sus vidas.

En la mañana de Navidad, un padre preocupado caminaba con sus paquetes rumbo a casa, sintiéndose confundido y triste en la víspera de esta festividad. Se sentía impotente al recordar la mirada de sus hijos y su incapacidad para comprarles todos los juguetes que habían esperado durante todo el año. Había depositado su esperanza en tener suficiente dinero para comprarlos en Navidad, pero su jefe no le había pagado los saldos pendientes y sus amigos deudores no podían abonarle ni un céntimo, ya que habían gastado todo en regalos. Cada año todo parecía más caro, con más gastos e impuestos, y más personas debajo de los puentes y refugiados que no querían trabajar y solo asistían a los comedores de la ciudad, malgastando los recursos del país. Este sentimiento de pobreza lo abrumaba y aterraba.

"Allí adelante está una persona en situación de pobreza, quien es responsable de la escasez y la decadencia de nuestro país. Aun durmiendo, esas personas no saben nada más que dormir, comer, cagar y reproducirse, voy a despertarla", se dijo.

— ¡Ey, tú! ¡Despierta! ¡Es navidad! —lo tocó en el hombro.

Vio cómo algo se retorcía de dolor y se asomaba entre las mantas. No era posible. Era el rostro de un niño con gestos de náuseas. Había acabado de golpear a un niño.

— Oh no, disculpa —dijo, llevándose las manos a la cabeza y retrocediendo. Dejó caer todos sus paquetes mientras miraba a su alrededor. Nadie lo había visto, se aseguró.

Rápidamente intentó tranquilizarse: —No es mi culpa que esté allí como un envuelto de basura. Cualquiera podría confundirse con esa cara sucia de desgracia. Ni siquiera debe ser cristiano —se justificó—. Luego levantó sus paquetes y siguió de largo.

Mientras caminaba rumbo a su hogar, intentaba calmar su consciencia con razones que se daba a sí mismo ante su escondido crimen:

— Su piel oscura es como de criminal. Ya debe tener algunos delitos, porque estas personas que atraviesan dificultades solo llegan a robar y vivir a nuestras expensas.

— Se nota que es un ser inferior. Ni siquiera es mi culpa. No es culpa de nadie. Él ha nacido así y para eso está destinado.

— Solo ver su mirada me incomoda. No genera confianza. No tiene cultura. No quiere trabajar. No acepta las normas. Él se lo ha buscado.

— Este país era hermoso. Nuestras familias y niños eran felices. Ahora solo hay peligro, violencia, inseguridad y todo desde que llegaron esas personas que atraviesan dificultades.

Juan sintió náuseas y vomitó debido al fuerte golpe que recibió. Aunque su estómago estaba vacío, se sentía débil y pensó que no sobreviviría el invierno. Esperaba que el frío nocturno apuñalara sus músculos y su corazón hasta que se durmiera congelado.

El origen de los monstruos es un misterio, ya que nunca se ha visto uno nacer, ser bebé, crecer y convertirse en adulto. Son una especie extraña, algunos creen que siempre han estado ocultos en los armarios, detrás de las cortinas o debajo de las camas. En lugares más atípicos, se les puede encontrar en las sombras de los puentes y en pasillos oscuros. Otros creen que han vivido entre nosotros en casas normales con familias normales. En cualquier caso, lo que sabemos es que cada niño tiene sus propios monstruos que lo persiguen durante toda su vida.

***

Han pasado ya diez años desde que recibió la orden del general de atacar el pueblo en Navidad y destruir la central eléctrica. Varios puntos estratégicos del enemigo serían destruidos y nadie podría quedar con vida, lo que significaría una masacre de inocentes. Había esperado tanto esta orden y, al mismo tiempo, temía que llegara. La espera se hacía más terrible desde hacía dos noches, cuando su compañero le entregó un periódico que lo mantuvo intranquilo.

Regresó a su tienda, sacó el periódico y lo leyó nuevamente. Documentos secretos habían sido desclasificados y no podía creer lo que estaba leyendo. Todo había sido una farsa y se sentía engañado.

En estos archivos se revelaba cómo La Cosmopolis y otros estados habían actuado conjuntamente para iniciar la guerra en su país. El nuevo gobierno de La Sabia Aldea tenía ambiciosos planes de educación, construcción de infraestructura, irrigación de los desiertos, soporte a la industria nacional y nacionalización de los recursos naturales. Esto fue considerado peligroso para los intereses de La Cosmopolis y la Unión de Estados, por lo que pagaron a mercenarios para desestabilizar el país y reavivar los odios. Con ello, surgió una guerra civil en la que, en un principio, La Cosmopolis apoyaba al gobierno y le vendía sus armas, pero secretamente también vendía armas a los enemigos. Luego acusaron al gobierno de ineficaz e intervinieron con sus fuerzas especiales, tomando el control de las zonas más ricas en recursos y deteniendo todos los proyectos de desarrollo que la guerra civil aún no había alcanzado.

Era doloroso para él saber que había huido al país de sus enemigos, donde siempre había sido mirado con desprecio. Recordó la Navidad de hace diez años, cuando logró sobrevivir uno de los inviernos más fríos. Entonces se juró que nunca más sería despreciado, que sería un hombre admirado, útil y valiente, como su padre y sus hermanos. Por eso decidió convertirse en soldado, unirse a las filas de un país ajeno e ir a guerras en países desconocidos. Ahora se le reconocía su valor y se le premiaba como a los mejores soldados. Pero eso ya no era suficiente. Sentía desprecio, terror de sí mismo y, al mismo tiempo, una inexplicable responsabilidad con su deber.

El trabajo estaba hecho y solo tendría que apagar su mente y volver a casa, olvidarlo todo y quizás tomar un nuevo empleo, pero su corazón y su andar eran sombríos.

De repente, unos ojos cafés le devolvieron la luz: una niña pequeña había salido de algún rincón y se acercaba corriendo y llorando. — Vete, alguien puede verte — le gritó, pero ella no se movió. Solo lo miraba con tristeza.

— ¿Cómo te llamas? — le preguntó él.

— Aniuska — respondió ella.

—¿Por qué empezó la guerra? —preguntó Aniuska, queriendo realmente preguntar otra cosa.

Entonces Juan Tristeza recordó su aldea y cómo había escapado con su madre. Su padre y sus hermanos mayores habían permanecido y nunca los volvió a ver. Siempre guardaba la pregunta sobre su existencia, así como imágenes de aldeas ardiendo y pueblos vacíos con televisores, maletas, sillas y demás objetos abandonados en las calles. Los habitantes habían tomado lo que sus manos podían cargar y huido rápidamente. Podía escuchar la voz de su madre gritándole: "Vamos rápido, Samir, Samir, Samir", pues ese era su verdadero nombre.

—Bueno. —dijo Juan, saliendo de sus pensamientos—, "surgió hace mucho tiempo en algún lugar, ya nadie puede recordarlo". Respondió, "de hecho, surgió en el principio del tiempo y desde allí no ha terminado", se corrigió.

—A mí no me gusta la guerra, quiero que se acabe ya —se lamentó Aniuska.

—Sí, todos queremos que se acabe —respondió Juan.

—¿Y los demás quieren que se acabe? —preguntó Aniuska.

—Sí, muchos quieren que se acabe —respondió él.

—Entonces, ¿por qué no se acaba? ¿No somos suficientes? Dime, ¿cuándo se acabará? Antes aquí no había guerra, ¿por qué quieres destruirnos? No te hemos hecho nada —reclamó Aniuska mientras se agarraba a su pantalón y comenzaba a golpear con sus pequeños puños sus piernas.

—No lo sé pequeña, yo me pregunto lo mismo que tú —dijo suspirando—. Lo siento, realmente no lo sé.

Y la apartó de sí, siguió de largo intentando suprimir sus sentimientos y de apagar sus pensamientos. Mientras Aniuska ya de lejos le gritaba: "Deberías arrepentirte, eres un soldado malo". Era cierto, se había convertido en un monstruo, como los que temía de niño, pero esos ojos lo habían salvado.

Más adelante su escuadrón sería emboscado y nadie sobreviviría. No se sabe cómo Aniuska no dejó de seguir al soldado, y cuando la emboscada había terminado y todos habían partido, encontró a ese soldado malo, como dormido junto a una piedra. Aunque sabía que era algo distinto a estar dormido, no quiso pensar en ello y le arropó con periódicos, e inclinó su cabeza sobre la roca para que pudiera dormir mejor. Pero creyó que quizá también debería acompañarle por si despertaba y necesitaba con quién hablar, y entonces recostó su cabeza junto a su pecho.

Ambos dormirían un sueño sereno y sus cuerpos se congelaban debajo de los periódicos con titulares fatídicos, que se preguntaban cuando acabaría la guerra. ¿Y si hubiera paz en navidad o en año nuevo, y el verde asomándose entre la nieve, entrelazándose con sus cabellos y presagiando un nuevo clima y nuevos tiempos de paz? Ya la muerte se había cobrado la maldad del hombre.

Pareciera que por un largo invierno, Dios hubiera escondido el sol y cada gota de su luz. Al terminar la guerra, el sol volvía a brillar con toda su intensidad, y de las hojas de los árboles, las flores y de los materiales de la tierra, de todo cuanto los hombres hubiesen construido o destruido, a ello le nacía un especial brillo y fulgor, como si todo hubiese sido renovado como en un principio. Los colores eran más intensos y armónicos y no solo saciaban la vista, sino los otros sentidos. Era como si les naciera un sol a las cosas y este se quisiera meter en las bocas y deslizarse por las gargantas con sabores nunca antes conocidos, y sonidos y melodías imposibles para un pasado. Pues los sentidos se unían en el disfrute de este nuevo mundo. Y ese sol se sembraba en el estómago hambriento de los hombres, para germinar una flor de inagotable polen, donde todas las mariposas pudieran saciarse.

Y el hombre feliz veía a los ojos de sus hermanos sin pena y miraba la tierra, sintiendo el cielo y un susurro de voz de lo profundo del tiempo y el espacio, que desde el inicio de la creación llegaba a sus labios y se unía a su voz que decía: —Hágase tu voluntad en la tierra como en los cielos—. Y cuando sus labios ya se habían cerrado, la voz continuaba perpetua en el aire, en el clímax por toda la eternidad.

En distintos lugares, durante un día, se jugó la última oportunidad para el destino del mundo y de todos. La tierra tembló con explosiones y muertes como nunca antes, hasta que no quedó nada en pie y nadie podría dar la siguiente orden.

Ahora, los heridos, enfermos, ancianos, niños, los que se sentían solos y los que habían recibido misericordia y gracia, caminaban por la nieve hacia Moscú. Un canto surgía de lo profundo de sus corazones mientras entraban en la iglesia de Cristo Salvador y veían los iconos moviéndose desde sus hermosas cúpulas. Este canto era como una diminuta llama dentro de un inmenso iglú, pero aún suficiente para encenderlo como una farola y comenzar a derretirlo.

Estos pocos sobrevivientes encendieron fuego y cocinaron lo que cada uno había traído consigo. Todos compartieron y comieron alegres. Era Navidad y Dios estaba entre ellos, pues de Él era la primera, la siguiente y la última palabra.

Navidad en sala de urgencias

Por Cristian Steven Leal Rodríguez

En un tranquilo y pacífico pueblo alejado del casco urbano se encontraba Leonardo Montoya, el médico más joven del ala sur de urgencias. Eran las 7 am del 24 de diciembre de 2022 y su turno estaba por comenzar. Con su cabello castaño oscuro, sus ojos cafés y su nariz curvada, se contoneaba cantando una sonata navideña por todo el hospital, mientras posaba sus manos alrededor de su barriga.

— Jo, jo, jo, — reía imitando la voz de Santa Claus. Sus compañeros de trabajo lo miraban sonriendo mientras pasaba por el pasillo principal desde la entrada sur hasta llegar al estar de urgencias.

—¿Vas a volver a ser Papá Noel esta Navidad, Leo? — preguntó el jefe de enfermeros al verlo entrar en la rotonda del servicio.

— Jo, jo, jo, — continuó exclamando mientras palmeaba su abdomen. El personal de salud se agrupó junto a los ordenadores en el estar de enfermería. El ala de urgencias del Hospital San Agustín era la zona más grande que se podía observar en el primer piso: constaba de 30 camas ubicadas en una zona circular con un mesón en el centro que formaba un cuadrado perfecto donde se ubicaba el estar de enfermería. Allí se podían observar los ordenadores, la zona de medicamentos y el carro de paro.

— Jefe, shh, silencio, Papá Noel no existe, — exclamó Leonardo cerrando su ojo derecho en un gesto de picardía. John, el enfermero jefe, sonrió y le devolvió el gesto cerrando su ojo izquierdo rápidamente.

Leonardo entró a su consultorio e inició su jornada de consulta prioritaria de urgencias.

—Disculpa, tienes razón. Aquí está la corrección utilizando guiones largos para los diálogos:

—Jefe, que pena, una pregunta, ¿qué es eso de Papá Noel? — preguntó una de las auxiliares al tiempo que se posaba a la derecha del jefe John.

—El enfermero se recostó en su asiento y volteó a mirar a la auxiliar.

— El Doctor el año pasado se disfrazó de Papá Noel, tenía la panza, la barba blanca y todo. Llegó al servicio de urgencias y comenzó a repartir regalos a todos los pacientes. Yo no tengo mucho tiempo aquí, pero me dicen que lleva varios años haciendo lo mismo.

— ¿A los 30 pacientes? — preguntó la auxiliar.

— Sí, señora, a los 30 pacientes, bueno, a los que estén hospitalizados esa noche. Si hay niños de acompañantes, también les da algo.

— Qué bonito gesto — exclamó la enfermera seguido de un suspiro.

— Sí, así es él. Debe tener su traje guardado porque no le vi muchas cosas— dijo John.

Pasado un tiempo, John se levantó del estar de enfermería y caminó hacia el consultorio del doctor Leonardo, golpeando con prudencia.

— Siga — se escuchó la voz de Leo.

—John abrió la puerta e introdujo su cabeza.

— Doctor, disculpe, quería preguntarle, es que veo el cuadro de turnos y usted no tiene jornada nocturna hoy.

— Aja, ¿qué pasa? — preguntó Leonardo.

— Pues, creí que usted haría lo que siempre hace en Navidad.

— ¿De qué hablas? — preguntó Leonardo, confundido.

—Relax jefe, mi familia viene en camino a visitarme. Esta noche será una Navidad familiar", dijo Leo.

—Entonces, ¿supongo que no habrá nada? —preguntó John, inclinando la cabeza.

—¿Quién dijo eso? Todos son familia, incluyendo el servicio de urgencias —respondió Leo con una sonrisa antes de volver su mirada a la pantalla de su computadora.

—Qué bueno oírlo. Quería decirle que Santa se adelantó y dejó unos regalos en el cuarto de descanso de enfermería, supongo que para usted — dijo John con una mueca divertida.

—Ja, ja, ja, Santa siempre tan querido —rio Leo mientras el jefe John se retiraba lentamente.

Eran casi las 5 p.m. cuando las puertas del servicio de ambulancias se abrieron de golpe.

—¡Ayuda! —exclamó la médica de la ambulancia.

El jefe John y varios enfermeros se acercaron a la puerta. De repente, la médica ingresó empujando una camilla con rapidez.

—¿Qué pasó? —preguntó John.

En la camilla se hallaba un hombre de unos 30 años con múltiples laceraciones por todo su cuerpo, además estaba empapado en sangre e inconsciente.

—Paciente con traumatismo craneoencefálico severo producto de una riña callejera. Se encuentra en estado de embriaguez, y la familia refiere que sufre de problemas cardiacos.

John condujo la camilla directo a la zona de observación, un lugar donde ingresan los pacientes más críticos de la unidad. Después corrió en dirección al consultorio del doctor Leonardo.

—Doctor, disculpe. Llegó una urgencia a la zona de observación: trauma craneoencefálico severo —dijo John.

Leonardo se levantó de su silla y salió corriendo en dirección a dicha zona. Tan pronto llegó, notó que el paciente se encontraba jadeando y sosteniendo su pecho con su mano izquierda.

—Por favor, jefe, pasémosle líquidos a chorro y tráigame el carro de paro —ordenó Leonardo con urgencia.

El jefe asintió con la cabeza y salió rápidamente de la habitación. Al examinar con agilidad al paciente, notó que estaba entrando en fallo cardíaco.

—Por favor, ayúdeme con la reanimación —le gritó Leonardo a la paramédica de la ambulancia.

—Sí, señor —respondió ella, posándose justo sobre el rostro del paciente.

—Cuando yo te diga, le das respiración, ¿está bien? —preguntó Leonardo.

La paramédica asintió con la cabeza. Leonardo se ubicó sobre el tórax del paciente y comenzó a realizarse compresiones con sus manos, apoyando su fuerza justo sobre el esternón, una vez tras otra.

De forma rítmica, Leonardo presionaba al paciente al tiempo que la doctora daba respiración boca a boca. El jefe llegó con el carro de paro justo a tiempo, ya que el corazón del paciente había dejado de latir.

—Por favor, jefe, prepara todo, establece la carga y aplica la epinefrina —dijo Leonardo con urgencia.

—Sí, señor —respondió John antes de obedecer las órdenes de Leonardo.

Leonardo tomó unas tijeras del carro y cortó la ropa del paciente hasta exponer su pecho. Ubicó las paletas del desfibrilador sobre la zona torácica y alejó a las personas que los rodeaban.

—Cuidado, por favor, atrás —advirtió.

Envió la primera descarga de energía sin tener buenos resultados.

—Mierda —gritó con angustia. Se notaba el desespero en sus ojos; el estrés de la situación estaba comenzando a colmar su tranquilidad.

—Intentemos nuevamente —exclamó, decidido.

Ubicó de nuevo las paletas y, separando a los demás, dio una nueva descarga.

—Nada —replicó intranquilo.

—Doctor, hagámoslo una vez más —dijo John, mirando los ojos estresados de Leonardo.

—Está bien —respondió Leonardo, frunciendo el ceño.

Examino al paciente nuevamente, ajusté la carga y ubiqué las paletas.

—Atrás —gritó Leonardo antes de aplicar una vez más la carga.

Con impaciencia, Leonardo valoró al paciente y notó que había recuperado el pulso; su corazón había comenzado a latir de nuevo.

Doctor, sus signos vitales regresaron —dijo la médica de la ambulancia.

Todo el personal sonrió y volteó su mirada hacia el doctor Leonardo.

—Gracias a Dios esta Navidad no será negativa —habló el jefe John.

Leonardo sonrió y le dio una pequeña palmada en la espalda.

—Gracias a todos. Qué gran esfuerzo. Por favor, jefe, déjalo monitorizado y ayúdame a revisar sus heridas.

El resto del personal de salud salió de la zona de observación mientras Leonardo y John terminaban de examinar al paciente, hicieron las respectivas curaciones y dejaron al hombre estable e inconsciente en observación.

Casi terminando el turno del día, John caminó al consultorio de Leonardo.

—Disculpe, doctor, ¿una pregunta? —preguntó John.

—Sí, dime, jefe.

—Lo que pasa es que no veo su traje de Papá Noel.

Leonardo sonrió y le dirigió una mirada traviesa a John.

—Lo escondí en observación, así nadie se daría cuenta.

—Qué bueno, me estaba asustando.

—Créeme, estaré aquí a las 12. Necesito que me ayudes, ¿puedes?

—Claro que sí, señor.

—Ok, voy a ver a mi familia y me regreso en la noche para ver a mi otra familia.

John se retiró del consultorio con alegría.

Justo a las 7 p.m. llegó su compañera, la doctora Victoria, a recibir turno.

—Oye, Vicky —gritó Leonardo desde el estar de enfermería.

Viky se acercó a él y le dio un suave puñetazo en gesto amistoso sobre su hombro.

—¿Qué me dejaste? —preguntó ella.

Leonardo sonrió y se sobó lentamente el hombro.

—Todos los pacientes están estables. Tenemos uno un poco complicado en la zona de observación. Está pendiente que se le realicen unos exámenes, pero está controlado.

—Ok, vete ya, yo me encargo.

—Gracias, Viky. Ahí te dejo el servicio. Cuídalo.

Viky sonrió e hizo un gesto de asentimiento con la cabeza.

—Bueno, muchachos, hasta luego, nos vemos —exclamó Leonardo, despidiéndose de todo el personal del servicio.

Tomó sus cosas del consultorio y caminó por el pasillo hasta salir del ala de urgencias. Justo cuando estaba por dejar el hospital, llegó otra ambulancia.

—Dos ambulancias en un día, eso no es normal —pensó Leonardo mientras caminaba acercándose a la ambulancia.

De repente, las puertas de la ambulancia se abrieron y de ella bajó la misma paramédica que había traído al paciente hace una hora. Ella empujaba a un hombre muy magullado, cubierto de sangre, de aspecto avejentado.

Leonardo no logró reconocer quién era, pero no le dio mucha importancia y retomó su camino. Al dar unos pasos en dirección a la salida, volvió su mirada nuevamente a la ambulancia. Con detalle, observó que en el asiento del copiloto estaba sentada una mujer en shock. Al enfocarla con más calma, logró identificarla.

—¡Mamá! —gritó.

Corrió de regreso a donde estaba ella y le abrió la puerta de la ambulancia.

—Madre, ¿qué pasó? ¿Por qué estás en la ambulancia? ¿Y mi papá?

La madre de Leonardo, llorando y con algunas laceraciones en el rostro, lo volteó a mirar.

—Mijo, su papá está mal. Nos estrellamos mientras veníamos de camino.

—¿Cómo así? ¿Qué pasó?

—No sé bien. Algo se atravesó en el camino y por no atropellarlo, nos caímos a un barranco.

—No, por favor, ¿cómo estás, madre? ¿Estás bien? —preguntó Leonardo.

—Sí, hijo, yo estoy bien. Tu papá fue quien más sufrió. Cuando llegó la ambulancia, él no respondía.

—¡No puede ser! Madre, ya vuelvo. Voy a ver qué le pasó a mi papá. ¿Estás segura de que estás bien?

—Sí, hijo. Ve a ver qué tiene tu papá.

Leonardo corrió de regreso a la sala de urgencias. Pasó por los pasillos a toda prisa y cuando llegó, pudo ver cómo Victoria salía de una de las habitaciones.

—Vicky, ¿qué pasó? Ese era mi padre, ¿cómo está?

—Hola, Leo. No sabía que era tu papá. Ahora está estable, aunque inconsciente. Parece que se golpeó fuerte en la cabeza. Le vamos a pedir unos exámenes.

Leonardo entró a la habitación y observó a su padre: estaba canalizado, monitorizado, dormido y parecía muy maltratado.

—Papá, papá, responde —exclamó Leo, parándose al lado de su padre.

—Está dormido, déjalo descansar —exclamó Vicky, tomándolo del hombro.

Leonardo salió de la habitación y buscó a la paramédico de la ambulancia.

—Doctora Johana —gritó Leonardo, acercándose a la médica de la ambulancia.

—Sí, doctor.

—Doctora, discúlpeme. El señor que trajeron es mi padre. ¿Qué fue lo que pasó?

—Doctor, lo encontramos al fondo de la quebrada del ángel. ¿Sabe dónde es?

—Sí, señora. La que queda a la entrada del pueblo.

—Ajá. Al parecer, perdió el control del vehículo que conducía y cayeron hasta el fondo. Su madre también estaba allí, pero ella no resultó herida.

—No puede ser. Mi padre es muy buen conductor. Algo debió de pasar. Cuénteme, por favor, se lo ruego. ¿Qué pasó?

Johana se alejó un poco de la ambulancia y se tomó la cabeza.

—Venga, doctor —susurró.

—Por favor, dígame lo que pasó —pidió Leonardo—. Le prometo que tendré calma.

La doctora suspiró y bajó la cabeza.

—El señor que trajimos hace una hora se llama Guillermo. Al parecer, estaba bebiendo en una fiesta familiar con sus cuatro hermanos y su madre. Comenzaron a discutir sobre la herencia que su madre dejaría, los tragos le subieron a la cabeza y comenzó a pelear con uno de sus hermanos. En medio de la pelea, parece que golpeó a su madre en la cara, lo que enfureció a toda la familia. Todos, absolutamente todos, lo golpearon y casi lo matan.

—Ya veo. ¿Y qué más? —preguntó Leonardo.

La doctora suspiró, conteniéndose.

—Como pudo, Guillermo se alejó de su familia, pero ellos continuaron persiguiéndolo. Llegó hasta la avenida y allí saltó frente a un auto, el de tu padre. Eso hizo que perdiera el control y más adelante cayera a la quebrada.

—¿Qué? Ese desgraciado casi hace matar a mi papá —dijo Leonardo con ira.

Leonardo le dio la espalda a Johana y caminó de regreso a la sala de observación con los ojos llenos de lágrimas y una expresión de enojo en su rostro.

—Espera, doctor, dijiste que no harías nada —gritó Johana desde el parqueadero.

Leo entró sin levantar su rostro hasta llegar al cuarto de observación. Ingresó justo al lado derecho de Guillermo y se quedó mirándolo fijamente con su ceño fruncido y su respiración acelerada.

—¿Cómo fuiste capaz de golpear a tu mamá? Bien hecho que estés jodido —pensó lleno de ira en su corazón.

Levantó la mirada y observó los líquidos e instrumentos conectados al cuerpo de Guillermo.

—No merecías ser salvado —pensó.

Al acercarse a la cabecera de la camilla, Leonardo observó una bolsa negra sobre el suelo.

—Esto ya no es necesario —dijo en voz baja.

Se inclinó y tomó la bolsa negra. De ella sacó el disfraz de Papá Noel que iba a usar a media noche, se retiró a una esquina de la habitación, levantó la tapa de una caneca de basura y lo arrojó allí.

—No vale la pena —pensó, seguido de un suspiro.

Leonardo caminó lentamente hasta salir de la habitación y se dirigió al cuarto donde estaba su padre. Se posó junto a su cama y se arrodilló.

—Padre, perdóname. No me conozco, tengo mucha rabia en mi corazón —exclamó mientras lloraba.

Levantó su mano derecha y comenzó a acariciar el cabello canoso de su padre. Sin darse cuenta, se quedó dormido sobre su regazo...

—Doctor, despierte —escuchó Leonardo entre sueños.

—Doctor, ya es hora —seguía esa voz chillona.

Leonardo levantó su rostro lentamente y observó a su alrededor. Estaba sobre el pecho de su padre, empapándolo de lágrimas y mocos.

—¿Qué? —expresó confuso.

—Doctor, ya son las 12 —escuchó sobre su espalda.

Leonardo volvió su mirada y observó a John de pie junto a la puerta, disfrazado de duende.

—Jefe, ¿qué hace?

—Le dije que le iba a ayudar.

—No estoy de ánimo, John. Vete.

—Por favor, doc. No me deje así. Necesito a Papá Noel para mejorar la Navidad.

—Esta noche no. Vete, jefe, por favor. La Navidad es una estupidez.

Regresó su rostro sobre el pecho de su padre y cerró sus ojos nuevamente. El jefe, resignado, salió de la habitación sin hacer mucho ruido.

—Yo nunca te enseñé que la Navidad era estúpida —escuchó la voz de su padre.

—¿Papá? —se preguntó al tiempo que levantaba su cara.

Su padre estaba despierto con su rostro lastimado y mirándolo con nostalgia.

—No sé qué te pasó, pero espero que no sea por mí que estés diciendo esas bobadas —exclamó en voz baja su padre.

—Papá, creí que te perdería.

—Pues no, y si así fuera, no tienes por qué decir esas cosas. La Navidad es más grande que yo y que todos nosotros. La Navidad no solo representa un día del año, representa el amor y los mejores sentimientos de las personas. No damos regalos por capricho, sino que entregamos una parte de nosotros mismos. Creí que te lo había enseñado.

—Sí lo hiciste, papá, pero es que tengo tanta rabia.

—El enojo siempre es pasajero. No creo conocer a alguien que esté enojado todos los días. Limpia tu corazón, hijo, y llénalo de amor. Sin eso, no podrás compartirlo con toda tu familia.

—Pero mi familia casi muere hoy.

—Tú siempre me has dicho que tu familia es la gente, que todos somos hermanos, incluso los pacientes de tu sala de urgencias, ¿no es así?

—Sí, señor.

—Entonces, ¿vas a dejar sola a tu familia en este día?

—No, señor.

Leonardo se levantó despacio y se limpió su rostro.

—Pero papá, ya no tengo el traje.

Con su mano temblorosa, su padre señaló a un rincón de la habitación.

—Busca allí —dijo casi sin fuerza.

Leonardo caminó hasta la esquina y levantó un bolso desgastado que había en el suelo. Lo abrió y en su interior vio un traje de Papá Noel viejo y desteñido.

—¿Y esto, papá?

—Es el traje con el que solía ir a trabajar en Navidad para alegrar a todos los empleados de la compañía, ja, ja, ja —rio con dificultad.

—¿Tú también lo hacías? —preguntó Leonardo.

—Así es. Hoy quería acompañar a mi hijo a ser Papá Noel una vez más.

—Pero ahora no puedes, papá. Mira cómo estás.

—¿Quién dice que no? Donde sea que tú estés, yo estoy contigo, hijo. Recuérdalo. Ahora ve y alegra la vida de todos. Eso alegrará la mía.

Leonardo tomó el disfraz de Papá Noel de su padre, se lo puso y salió de la habitación con un enorme "Jo, jo, jo".

Caminó junto al jefe John y le dio un gran abrazo sorpresivo.

—¡Doctor! ¡Qué alegría! —exclamó John.

—¡Feliz Navidad! —gritó fuerte para que todo el lugar lo escuchara.

Junto con el jefe John y la doctora Victoria, pasaron por todas las habitaciones del ala sur del Hospital San Agustín, entregando obsequios de Navidad a los pacientes. El tiempo transcurrió entre sonrisas y alegría, hasta que llegaron al último lugar de urgencias, el cuarto de observación.

—No sé si puedo hacerlo —dijo Leonardo, exhalando con fuerza.

—¿Quieres que lo haga yo? —preguntó John.

Leonardo tomó un obsequio y se lo pasó al jefe con cuidado, pero antes de que lo tomara, lo retiró de sus manos.

—No, espera. Yo lo haré —dijo, levantando su rostro.

Entró lentamente y se acercó a la cama de Guillermo, quien estaba inconsciente. Levantó el regalo hasta sus labios y le dio un pequeño beso.

—De corazón te deseo una Feliz Navidad —dijo en voz baja, antes de dejarle el regalo junto a su almohada.

Dio media vuelta y comenzó a retirarse del lugar. Cuando estaba por salir de la habitación, Leonardo sintió un viento cálido que le tocaba la espalda. Volvió su mirada hacia Guillermo y notó en su rostro una pequeña sonrisa que denotaba paz, seguido de esto, de su ojo derecho, brotó una lágrima.

—De nada —susurró Leonardo, sonriendo.

Los tiempos de manuela

Por Jessenia Guadalupe Chavisnán Herrera

A mi madre, Rosario Herrera
Por brindarme todo lo necesario para ser feliz.
Al profe Wilmer Cabrera,
Quien me inspiró con sus palabras.

En la época más hermosa del año, cuando la nieve cubre los lugares más lejanos, las familias se reúnen para esquiar, mientras que otras personas escapan del frío para pasar unas vacaciones en lugares más cálidos. Es un tiempo en el que se escuchan canciones navideñas alegres en la radio, como la emisora Consentida 91.5 de Carlosama, Nariño. Los niños esperan ansiosos la primera noche de novena para recibir dulces y regalos de los fiesteros, mientras que las casas y los parques de la ciudad se iluminan con diferentes motivos navideños, desde árboles hasta campanas y muñecos de nieve, todo hecho con la alegría de los niños y sus familias.

Una mañana temprana del 15 de diciembre, en el parque decorado con luces y un gran árbol de Navidad rodeado de regalos envueltos, se encuentra Manuela, una mujer de 62 años que vende fresas en el mercado campesino que se celebra durante las fiestas del niño Jesús. Junto a ella está Antonela, su nieta de 17 años, con rizos cafés, ojos azules y alta y delgada, que está experimentando su adolescencia con un amigo al que llama cariñosamente "El chico de las flores", cuyo verdadero nombre es Marlon. Él trabaja recolectando flores para transportarlas a la ciudad de Tulcán. Marlon es un joven con ojos cafés, pelo liso, barba y le gusta usar gorra.

Manuela se ha dado cuenta de que entre su nieta y el chico de ojos cafés podría surgir algo más que amistad. Por ello, recordando sus tiempos de adolescencia, decide contarle a su nieta. La llama para que se siente en una banca del parque y escuche sus historias.

Manuela le dice: — Antonela, vení guagua, siéntate. Te contaré acerca de los tiempos que viví antes de que naciera mi hija Meche. Bueno, su nombre es Mercedes, pero yo la llamo así, y a veces incluso "cueche" como muestra de cariño.

—Abuelita, no le llame así a mi mamá. Ella se llama Mercedes.

—Bueno, bueno, aquí va... Espérate un momento. Ah, sí, me acordé de una canción que dice: —Diecisiete años cruzan por su vida y está en su delirio yo beso sus labios candorosa y linda que dios la bendiga.

—Sí, abuelita. Muchas gracias. Que Dios me bendiga.

Manuela continúa: — No, espérate. Verás, hay tantas buenas canciones, como las de Señor Segundo Rosero. Bueno, otro día te canto más. No quiero que te aburras de mis canciones antiguas.

—No, no me aburro. Solo se me alargan las orejas. — sonríe — Manuela continúa— — Mira, apúrate. Estoy esperando para contarte una historia famosa que tengo.

—¿Qué historia es esa? — Cuestiona Antonela.

—Ah, sí. Volviendo a mis tiempos, recuerdo cuando vivía en un pueblito llamado Catambuco, mi hermoso pueblo natal ubicado en un grupo de montañas cerca del volcán Galeras. Había muchos cultivos a nuestro alrededor. Ese es mi hogar, donde está la Morenita parada en la iglesia. Sería bueno que la fueras a visitar a la Virgen de Guadalupe en estas navidades junto con tu mamá, Meche.

— No se preocupe, abuelita, todo está muy caro ahora. Apenas dan tres plátanos por cinco mil pesos y si le dan uno adicional, probablemente sea porque está golpeado.

Mientras conversaban, un avión de papel apareció rozando los rizos de Antonela con un escrito: — Amiga mía, dile a tu abuelita que el príncipe azul te llevará en una jeep para pasear.

Entonces, Manuela alargó el cuello para ver la carta y dijo: — Un Mercedes para los domingos.

— Y un chofer vestido de...

En ese momento, Antonela fue interrumpida por su abuela, quien le dijo: —Antonela, ¿quieres escuchar el cuento o prefieres que me vaya a comer mi charita con papas?

—Antonela respondió. — Sí, abuelita, quiero escucharlo, pero después ¿me das permiso para salir con mi mejor amigo?

Manuela le dijo: — Ajá, claro. Veremos con quién te metes.

— Bueno, como te estaba diciendo, soy de Catambuco. Estaba en el parque vendiendo fresas que mi padre cosechaba, como lo he hecho hasta hoy en día. En ese entonces, estaba atendiendo a mis clientes con responsabilidad y tranquilidad.

— Vendía mis frutas a todo aquel que llegaba a preguntar. Vendía los platos a 1.500 y las fundas a 2.000. Eran buenos tiempos.

— Un día, me di cuenta de que un joven venía todos los días. Antonela lo interrumpió y dijo:

— Uy, vea si ya tenía un pretendiente.

Manuela, un poco molesta, respondió: — Respeto, Antonela. El muchacho venía los primeros días a comprar cinco fresas un día, luego al día siguiente y así por trece días seguidos. En el día catorce, se acercó más para hablar conmigo.

Pensé: ¿qué querrá este engreído ahora? Se acercó y, aprovechando que no había nadie más, me dijo: De pasto me vine rodando como bolita solo por venirte a ver ojitos de amapolita. —No, pues— le dije: De sabio, poeta y loco, todos tenemos un poco.

Y él me siguió diciendo, —por eso, si quieres conocer a Andrés, vive con él un mes.

Suspiré porque nadie me había dicho eso antes, era la primera vez.

—Ay joven, gracias, pero hasta aquí fue mi turno. Ya sabes, caras vemos...

Luego salí disparada como si me hubieran prendido un cuete. Estábamos en aquellos tiempos de las fiestas de la Virgen Morenita, el 12 de diciembre. Corrí rapidísimo y pensé que me había librado. Pero Antonela me interrumpió: —No, no me vengas con eso, ya te estaba extrañando, mentirosa. —Le respondí: —No, en serio. Después de un momento apareció como un fantasma. Llegó a la tienda, pero no era para comprar fresas, sino que me susurró al oído: —Hola muchachita, perdona que te asusté. ¿Me acompañas a tomar un cafecito con tortilla?

—Todavía si fuera un chocolate con envuelto de choclo, pero nada. ¿Qué te pasa? ¿Acaso no ves que estoy trabajando, a diferencia de ti?

Lo vi alejándose, pensé que no volvería, pero sin darme cuenta ya lo vi nuevamente — expliqué. Entonces, se me ocurrió la gran idea de que si volvía, me iría corriendo sin razón. Pero al dar la vuelta a la tienda, me sorprendió al otro lado. Luego se acercó más, pero esta vez con flores rosadas. Pensé: "Hablando del rey de Roma, y el burro que se asoma". Estaba nerviosa sin saber qué decirle, me quedé en silencio por un rato, sin pronunciar ni una palabra. Me puse a vender fresas como si no lo hubiera visto. Él se alejó sonriente y se sentó solo cerca de la tienda hasta que terminé mi turno. Luego se dirigió hacia mí y me entregó las flores. Eran bonitas, pero se estaban marchitando por el sol. Me dio risa. Luego me dijo:

—Soy Andrés, un muchacho bueno sin malas intenciones. Solo quiero ser amigo tuyo.

Yo le dije: —Si es así, ver para creer.

Después caminamos un buen rato. Luego me llevó a comer cuajada con quesillo. Estaba rico. Ah, ya me equivoqué, ese día me dio calabaza con quesillo. Entonces comimos, y después de un largo momento de haber compartido con él, como ya acabamos de comer, le dije: —Bueno, ahora sí, barriga llena, corazón contento.

Y entonces él dice: —¡Usted come y adivina! Yo iba a decir lo mismo.

— A pues, para que no se afane, —le dije. —Bueno, de todas maneras, muchas gracias, ya me voy—.

Andrés con sus ojos que le brillaban dijo:— Dame una sonrisa. Dame seriedad. Dame si es posible. La posibilidad. De llevarte a la cima del cielo. Donde existe un silencio total.

— Esa es una canción de Ricardo Montaner nomás le dije. — Y me fui corriendo porque se me hacía tarde.

La abuelita Manuela hizo una pausa para beber su jugo de frutas, porque el sol calentaba mucho y ya iban apareciendo los niños vestidos con sus gorros navideños para iniciar las novenas porque ya se aproximaba la hora de reunirse en el despacho parroquial.

Antonela aprovechó la situación y cantando le dijo: — Abuelita querida, de mi corazón, me da un permiso, que de aquí me voy, a encontrar un dulce porque debe tener hambre, una tripa que tengo encargado yo.

Manuela le respondió: — Claro pretextos si sacas, anda ligerito, no te demoras, ya mismo me lo traes.

Antonela feliz se fue a comprar caballitos de Navidad donde la Señora Jimenita, porque allí vende más barato y ella es buena gente. Y en eso que cruza la esquina apareció el príncipe de sus sueños profundos, pero como solo eran amigos, la pasaban bien y compartían comidas haciendo recetas favoritas de Navidad. Cualquiera que pasaba ya los nombraba novios, pero un día ellos propusieron ser los mejores amigos hasta que el tiempo les dé una próxima respuesta.

Marlon iba en la bicicleta, rumbo a encontrarla y como la miró de lejos, se acerca un poco más y la sorprende con un pan y un yogur, diciéndole: —Mi mona, tomé un pequeño refrigerio para que se alimenté, porque veo que pronto se la llevará el viento.

—Antonela, asustándose un poco por las ruedas de la bicicleta que casi pasan cerca de ella le responde: —Que lindo como me quiere espantar y más encima engordar no.

—Verá bonito, no se vaya a andar estrellando por ahí, abrirá bien esos ojos.

—Además, hoy inician las novenas, entonces me debe dar todos los días algo.

— No, pues como ella solo compra para sus cachorros.

Habla del Puki y la Minina, pues les compro galletas de leche, avena, yogur y pastelitos, porque ellos ayudan a traer las vacas y las ovejas, además ayudan a llevar los marranos a su lugar, porque acompañan a llevar hierbas para los conejos, porque ellos cuidan la casa, porque ellos juegan con nosotros en el estadio y otras cosas más, ay mis lindas mascotas, por eso les compro golosinas, si mira.

—Sí, sí, ya entendí, como yo no le ayudo a eso, es porque estoy ocupado.

—Sí, como diga, bueno muchas gracias y chao nos vemos.

—Marlon estaba esperando a que se vaya y sin que ella se diera cuenta le da un abrazo y al oído le dice:

— Perdóname, mona, por mis actitudes. Sabes que te prometo que mejoraré.

Antonela sintió que su corazón palpitaba a la velocidad de un correcaminos y disimuló esperando a que la soltara y le respondió: —Bueno, está bien. Creo que a veces me paso de la raya. Ya recordé que somos amigos, parezco tu novia.

— Chao, chico de las flores — se despidió Antonela.

Marlon cantó mientras se alejaba: — Me imaginé el mar azul al ver tus ojos

Y parece que el tiempo ya me está dando la respuesta, Un sentimiento estoy sintiendo.

Antonela le respondió: — Conmigo no creo. A ver si me aguantas—. Con brillo en sus ojos y sintiendo algo extraño en su corazón, Antonela se fue rumbo a la tienda. Luego llegó donde la abuelita Manuela y suspiró.

Manuela presintió nuevamente un amor que nacía en su nieta y, disimuladamente, le dijo:

— Por aquí huele que ya se aproximan tortolitos.

— No, abuelita. Verás, tengo que terminar mis estudios y concentrarme en eso. Mejor sígame contando sus cuentos para ver si de escucharla aprendo algo. Manuela le dijo. — Verás, ahorita ya se está haciendo tarde. Mejor vamos a la casa.

Se estaba asomando el sol, entonces la Abuelita Manuela se marchó a la casa con su nieta Antonela. Mientras tanto, en la casa Blanca, Mercedes estaba preparando la merienda en su fogón de leña y, en ese instante, llegaron la Abuelita Manuela y Antonela para ayudar a cocinar y reunirse las tres para seguir preparando la cena. Pero Antonela se acordó de que tenía que traer las ovejas, así que se dirigió a la finca llamada "LAS TRES MARÍAS", que solo pertenecía a ellas. A veces lo hacían sembrar o simplemente lo dejaban para sus animales. Emprendió su caminata de media hora vestida con su chuta o sombrero, una chaqueta de cuero, pantalón de sudadera y unas botas negras, con su celular lleno de canciones de Bachatas de Romeo Santos y Salsas de Jerry Rivera, Eddie Santiago y Frankie Ruiz, que eran sus favoritos. También estaba acompañada por su prima Carmela y llevaba a sus mascotas y su buen perrero.

Estaban a punto de llegar a la finca cuando apareció Marlon, pero como Carmela no se había dado cuenta, Antonela pensó en irse a la tienda mientras Carmela se quedaba cuidando las ovejas. Antonela se acercó un poco más para abrazarla y le dijo: —Carmelita linda como una perlita.

— ¿Qué quieres que me porte bonito ahí?

— No, yo solo quiero que te quedes cuidando las ovejas mientras voy a comprar una galleta a la tienda. Es que ya me dio hambre. Si porfa, no me demoro y ya vuelvo.

Carmela le respondió: — ¿Qué será? Vela ya tendrá un pretendiente.

Antonela le dijo: — No, solo a comprar y te traigo unas galletas Amor para que en estos tiempos encuentres a tu príncipe sapo.

Carmela le respondió: — Claro, y tú dirás que tienes al príncipe azul.

— No, solo te lo digo de broma. Bueno, adiós. Ya vuelvo.

Entonces Antonela se apresuró corriendo hacia la tienda de Doña Matilde. Pero como Marlon escuchó la conversación, decidió adelantarse. Cuando Antonela llegó a la tienda, tuvo que esperar en una silla debido a que había muchas personas. Cuando estaba a punto de sentarse, alguien le quitó la silla y dijo: — El que fue a Sevilla, perdió su silla.

Antonela reconoció a Marlon y le dijo: — Te conozco, bacalao. Aunque vengas disfrazado, con barba postiza de Papa Noel y gorrito navideño, sigues siendo el mismo chico de las flores.

Marlon respondió: —Gracias por los halagos. Espera, se me olvidaron los regalos.

— También olvidaste los renos, el vestido rojo con el cinturón negro, el carruaje y lo que siempre dices: jo, jo, jo.

Marlon tuvo una idea ingeniosa. Fue a pedir un coche con una burra, le colocó un adorno navideño y salió a pasear diciendo: jo, jo, jo, feliz navidad, jo, jo, jo.

Antonela se dio cuenta de que por su apariencia, Marlon parecía un diablito con barba de lejos, ya que se había olvidado de ponerse el cinturón. Ella se rio a lo lejos. Después de un momento, el chico de las flores, que ahora era Papa Noel sin cinturón, se acercó a Antonela y le dijo: — Vamos pastores, vamos, vamos a Belén.

Antonela fingió no conocerlo y le respondió: — Vamos a dar una vuelta por la esquina. Para que el vino sepa a vino, se debe beber con una amiga.

Marlon, sorprendido de que Antonela no lo reconociera, pensó que su plan era perfecto. Decidió bajarse del coche y le dijo:— Pastorcita, ¿quieres subir a mi carruaje?

Antonela se guardó las risas, queriendo llegar hasta el final de su plan para ver qué se le ocurría a Marlon, y le siguió el juego sabiendo que era su chico de las flores. Papa Noel la invitó a ponerse un vestido de pastorcita y le regaló vino y pastel, le cantó villancicos y dio vueltas con su burra por diferentes lugares del pueblo. Más tarde, cuando ya tenía hambre, le dijo: — Ahora te voy a comprar papas fritas.

Antonela le dijo: — No le eches grasa al estómago y tampoco tengas problemas con la suegra en casa.

Sin darse cuenta, habían pasado la tarde juntos. Marlon se preguntaba por qué no debían tener a la suegra en casa y, sin más, siguió comiendo. Finalmente, la tarde terminó y Marlon se despidió de Antonela.

— Bueno, donde come uno, comen dos. Y como yo ya acabé, vámonos —dijo Marlon.

Antonela todavía no había terminado y le respondió: — No, espera, si no soy una máquina.

Marlon se despidió y le dijo: — Adiós. Como vine solo, me voy sin voz.

— Primero el buen trato, porque para eso nos inscribieron en el colegio. Por eso me parece que se debe decir "me voy sin usted".

Como en un sueño, la pastorcita salió de la tienda y se fue a llevar las ovejas. Pero como ya era tarde, Carmela había llevado las ovejas a la casa.

Preocupada, Antonela bajó la finca corriendo porque pensaba que su madre ya estaría pensando en mil maneras de regañarla. Decidió llevar un agrado por llegar tarde y se fue a comprar una libra de maní, ya que a su madre le encantaba comer maní con todo. Pero como Papa Noel todavía estaba por allí, Antonela lo siguió. Al escuchar que ella estaba comprando maní, Marlon se fue a alquilar un vestido de príncipe y montó en su burra. Pero al verla, se bajó y le dijo: — La hija del rey pasó por aquí, tirando maní a todos, pero a mí no me dio nada.

Antonela sorprendida, logró reconocer la voz de su chico de las flores y le respondió: — Mmm, ah, no. Si el niño llora, dale leche de tarro, y si sigue llorando, dale con el tarro.

Antonela cogió un tarro para golpearlo, pero Marlon la esquivó. Luego le quitó la libra de maní y le dijo: — El que no corre, no me alcanza.

Antonela corrió detrás de Marlon y le gritó: — Y el que corre mucho, se cae de panza.

En ese momento, estaban corriendo cerca de la casa de la tía de Antonela, Zoila Paz, pero para Antonela era Zoila Guerra, ya que la miraba de una manera extraña y creaba conflictos. Cuando Marlon pasó despistado, Zoila aprovechó la situación y le tiró un balde de agua jabonosa. Marlon cayó al piso y se lastimó el pie y las piernas. Antonela, asustada, fue a ayudarlo. Pensaba en su mente "Camarón que se duerme, se lo lleva la corriente", pero decidió no decirle nada, ya que parecía que su situación era grave. Entonces, de inmediato, fue a ayudarlo porque era su mejor amigo y ella se empezó a asustar, pensando que no volvería a caminar o que quedaría cojo.

La tía los mira juntos y les dice: — Cada oveja con su pareja.

Para terminar su maldad, no se preocupa ni por un segundo por la condición en la que se encuentra el muchacho y continúa regando otro valde de agua sobre Antonela. Sin embargo, ella reacciona de manera agresiva y le dice: — De parientes y el sol, entre más lejos mejor.

Antonela ayuda a Marlon a levantarse y se alejan del lugar, ella lo sostiene de la cintura, sintiéndose un poco incómoda. Es ahí donde él mira las acciones de Antonela y comienza a enamorarse de ella en silencio, imaginándose cosas lindas y volando su mente a otro lugar. Pero no se percata de que su mejor amiga ya se estaba despidiendo. Mientras tanto, en el pequeño pueblo, empezaba el chisme de doña Vilma, quien decía: — ¿Para cuándo la boda, jovencitos? Irán avisando, ¿no? No vayan a ser egoístas, invitarán, verán.

Antonela poco interesada en las palabras de doña Vilma, le responde: — Haz el bien sin mirar a quién.

La señora Vilma, desconcertada por la actitud de la muchacha, le responde: — ¿Qué fue, la guagua? ¿Acaso le hice algo malo que me dice eso?

Antonela decide no responderle, porque sabe que si sigue alimentando la malicia, ésta se seguirá creciendo. Se aleja poco a poco dejándola con las palabras en la boca. Luego, corre hacia su casa mientras la noche se aproxima cada vez más. Al llegar, la señora Mercedes, un tanto preocupada, recibe a su hija con un abrazo y le da un consejo: — Mija, por favor, no te demores con las ovejas. Si vas a traerlas, debes ir pensando en eso. No es lo mismo andar por allá de noche que de día. Hay peligro y en cualquier momento se te puede presentar un extraño que se aproveche.

— Y llamarás a donde vayas, porque nosotras aquí estamos preocupadas sin saber. Hasta podríamos ir a la policía para buscarte, si no nos avisas.

Antonela escucha a su madre con atención y entiende la fuerza del amor de una madre. Decide ser más cuidadosa con sus ideas cuando se encuentre con el chico de las flores.

La abuela Manuela, la señora Mercedes y Antonela compartían una merienda entre cuentos y canciones. La abuela Manuela, recordando sus momentos junto a la hornilla, les cuenta una historia de su juventud y les dice: —Bueno, hijas, acomódense bien para escuchar un cuento de dormir—

—Antonela se apresuró a su cama para traer la ruana de su madre y ponerse una chaqueta grande, unas botas de peluche y su cobija favorita de color piel con manchas cafés. Encerradas en la cocina, con el calor de la hornilla, la abuela Manuela inicia su relato: —Un día, como ya no había fresas, le dije a Andrés que me iba para Aldana, que se olvide de mí y que no vuelva. Entonces resaltó: —La campana no va a misa, pero avisa—. Y si en verdad no iba a misa, me quedaba cocinando, pero ese es otro caso. Pensó un momento en silencio y luego agregó: —Bueno, sería tan amable, linda señorita, de que me regale la dirección de su nueva casa para ir a visitarla—.

Le dije —Pues, verá, tengo un padre muy serio que creo que no lo querrá ver.

—No hay problema, no se dará cuenta.

Pero como solo éramos amigos, le escribí mi dirección, de la ciudad de Aldana nada más, donde estuve durante tres meses trabajando en el restaurante Mi casita. Yo recuerdo tanto que quería trabajar de mesera, y sucedió que llegó un chiquillo de gorra, el cual pronunció unas palabras en un volumen bajo que decían: —Hola que tal, vengo a decirte un secreto, que la pienso y no saco de mi pecho—.

Y luego de decirme esto, se fue a donde el dueño del restaurante, que en ese tiempo era mi padre, para decirle que quiere entrar a trabajar. Como los tiempos eran de Navidad, se necesitaba mucho personal para colaborar, y a mi padre no le quedó de otra que aceptarlo.

Antonela estaba muy sonriente escuchando la historia de su abuela porque se estaba imaginando todo el escenario en su cabeza. La abuela Manuela la mira y le dice: —Sus ojitos ilusionados saltaban de alegría. Luego se acercó a mi presencia y me cargó en sus brazos.

Impresionada por la actitud del muchacho en el cuento, Antonela le pregunta: —¡En serio abuela! ¿Y su padre no la descubrió? Tal vez yo me hubiera ido corriendo, porque es un extraño para los demás. Podrían pensar que me van a robar o abusar de mí.

La abuela Manuela, muy sonriente porque su nieta ha estado escuchando su cuento con atención, le responde: —No mija, eso no sucedió.

Desilusionada, Antonela le dice: —¡Ah! mira, como me hace ilusionar. No se debe jugar con los sentimientos de los demás.

La señora Mercedes interviene y les dice: —Ya, no se peleen. Les propongo algo, mientras mi mamá cuenta la historia, ¿qué tal si preparamos una natilla con unos buñuelos para vender mañana?

Antonela, feliz y sonriente, se acerca a abrazar a su madre Meche y le dice: — Sí, mamá, porque si no, me dará sueño y no creo que unos ojos bonitos me lleven cargada a mi cama. Acá no se tiene la dicha de los antepasados.

La abuela Manuela mira fijamente a su nieta y dice: — Bueno, me parece que piensan que, como ya tengo bastantes años, solo me lo estoy inventando. Entonces ya no les cuento, irán ligero a dormir.

Antonela corre hacia su abuela, la toma del brazo y le pide con ojos brillantes que les cuente más: — Perdón abuelita, vea no la ponemos a echar leña, usted solo nos cuenta y nosotras la escuchamos, por favor.

La abuela Manuela, con los ojos un poco dormilones, responde: — Tenemos poco tiempo, ¡apresuremos el ritmo!

Mientras tanto, la señora Mercedes coloca ramas secas, hojas de eucalipto y astillas en la hornilla, y Antonela prepara la mezcla de harina de buñuelos con queso. La señora Mercedes camina despacio hacia su hija para poner un poco de harina en su rostro. Antonela siente un movimiento en su cachete y procede a votar harina encima de la persona que está detrás de ella. La señora Mercedes se ríe y se escapa, pero su hija, riéndose aún más fuerte, la persigue para ponerle más harina. La abuela Manuela las mira fijamente, reflejando en su mirada que no deben jugar así, ya que son adultas. Además, ella no les contará la otra parte de su historia.

Antonela vuelve a su sitio al mirar a su abuela, y su madre también. La abuela Manuela continúa su historia: — Íbamos al restaurante, pero yo era mesera y él era ayudante de cocina, limpiador de baños y barredor de pisos, en fin, un muchacho dedicado a su trabajo. Un día, después de que Andrés terminó sus labores, se quedó parado mirándome lavar los platos, ya que eso es lo que yo hacía al terminar de servir. Entonces le dije: — Hace más una hormiga andando que un gigante parado. Luego me quedé mirándolo y él agregó —Hay que estar cerca del que paga y lejos del que manda.

Me quedé en silencio, pensando en sus palabras para no herir sus sentimientos, ya que a veces cuando estoy enojada, no pienso en lo que voy a decir y digo cosas que no quiero. Por eso, estaba aprendiendo a controlar esa parte de mí. Finalmente, le dije: —Váyase, lejos de mí.

Pero en lugar de eso, él siguió ayudándome a lavar los platos, y poco a poco se ganó mi aprecio siendo muy colaborador durante todo un mes.

Por fin llegó el fin de semana de nuestras primeras vacaciones, ya que el trabajo era muy duro. Andrés tuvo una gran idea y sin que mi padre nos observara. —Sé que estás muy cansada, por eso me gustaría invitarte a salir mañana al parque de diversiones.

Mercedes y Antonela estaban cerca de terminar de cocinar la natilla y muy despacio, Mercedes le colocó un poco de natilla en la nariz de su madre, quien ya se estaba quedando dormida. Con el sabor de la natilla en su nariz, despertó y continuó comiendo mientras su hija y su nieta la escuchaban atentamente.

— Continúa, abuela Manuela —dijo Antonela.

— Bueno, entonces él me dejó una carta y se fue corriendo. Luego llegué a mi cuarto y leí un hermoso poema que decía: "¡Oh, linda señorita! yo solo quiero que me regale unas citas para quererla a la antigüita, con serenatas, flores y cartitas. Con cariño, su querido amigo que, si quieres conocer a Andrés, vive con él un mes.

Pasé la noche durmiendo profundamente en casa de mi madre hasta que amaneció. A las nueve de la mañana me levanté, pero no encontraba mis medias en ninguna parte, así que le pregunté a mi madre: —¿has visto mis medias? No las encuentro en la ropa limpia ni en la sucia, además estoy atrasada para mi cita.

Mi madre me respondió: —¿De verdad no las encuentras? ¿Qué tal si yo las busco en la primera gaveta? .

—Ven, busca, pero te aseguro que no están allí. — Le respondí.

A lo que mi madre respondió, encontrándolas de manera mágica en la primera gaveta.

Antonela, muy feliz y a punto de comerse un buñuelo, le dijo a su abuela Manuela: — ¡Uy abuelita, eso es enamoramiento!

A lo que la abuela respondió: —Y me parece que ya tenía nombre y apellido.

Luego salí de la casa y mi madre gritó: —"¡Manuelaaaa!".

—¿Qué?

—No se dice 'qué', se dice 'mande', además mira hija, te estabas olvidando una carta.

—Listo, gracias mami.

—Por poco y se da cuenta.

Después de una buena carrera, logré llegar al restaurante y le pasé una carta que decía:

"Amigo de piernas largas,

no me ilusiones con tus palabras,

mejor enamora con tus acciones,

y verás que lindos son los doctores".

Llegué al parque de los enamorados, pero como dos amigos sin un rumbo fijo. Él decidió comprarme un cuy apanado, y yo me fui a perseguir un pollo. Le di pollo sudado de verdad, no mentira, así decía el menú, pero era pollo hecho al carbón.

Al final, cuando ya se estaba marchando, me dejó otra carta que decía:

"Si los doctores son tus ilusiones,

me voy con mis canciones,

si me permites quedarme,

me arriesgo a conquistarte".

Después de esa experiencia, pensé en la noche acompañada de mi gata Dhasha, que se colocaba en mis piernas y se dormía. Me bebí un vaso de agua con canela y le escribí una carta.

Por mi te doy mi autorización

Pero no mi corazón

Solo pensaré en darte una oportunidad

Para que veas que si hay posibilidad

No pude dormir preocupada, ya que era como darle el sí. Finalmente, me venció el sueño y me levanté a las 8. Como ya vivía en un apartamento, tenía que despertarme sola. Me apuré, pero llegué tarde y me di cuenta de que mi padre estaba con Andrés, quien traía nuevamente un ramo de flores. Me coloqué junto a mi padre y entonces Andrés miró a mi papá y comenzó a cantarle un fragmento de una canción que decía:

Su hija me gusta,

mi única intención es quererla y amarla.

Haría lo que fuera por tenerla,

solamente una oportunidad le pido.

Ayer soñé con Cupido y espero no estar mal.

Le dije a mi padre con cierta ironía: Sí, papá, si es tamal, porque envuelto no es, ni quimbolito tampoco.

Mi padre me interrumpió: ¡Silencio, hija! Esto es serio. Este muchacho te quiere, hasta te canta canciones de Farruko. Además, lo he observado en el restaurante y te ayuda mucho.

Con una expresión algo desanimada, le respondí: —No, papá, no es suficiente. Más bien, me hace conversación, pero no me ha escrito ninguna carta.

Mi padre, con una actitud severa que recordaba a los tiempos en que nos castigaban con el perrero o con ortigas si no obedecíamos, me observó y dijo: —Hija, ya van como cinco veces que los veo juntos. ¿Acaso me quieren tomar el pelo?

Con un tono de voz cortante, le dije: —No, papá. Entonces, ¿nos dará la bendición?

Mi padre tomó la decisión y dijo: —No, porque tú te burlas y me da la impresión de que ya no quieres.

De inmediato, Andrés intervino y le dijo a mi padre: —Por favor, don, le traje pollo sudado al carbón como muestra de mi aprecio.

Mi padre lo pensó por un segundo, como si esperara que le ofrecieran más comida, pero como yo no llevé nada, dijo: —Ni con su agrado, mucho peor.

Pero Andrés me quería mucho y hacía todo lo posible para verme feliz, así que le dijo a mi padre: —Entonces, me voy a traer el toro mayor.

Mi padre lo miró con ganas de matarlo, pero con mucha paciencia, que a veces le costaba mantener, le dijo: —No, porque la carne es dura y al comer se me caen los dientes. Mejor te acepto con el pollo fresco.

Y así fue como mi padre me dejó tener una relación con Andrés, el padre de Cueche, digo, Meche.

Antonela, con ojos de sueño, agarró una raja en forma de micrófono y les respondió: — Porque el amor no tiene que ser perfecto, pero sí sincero. Bueno, señores y señoras, hemos culminado con nuestra presentación. Podemos ir a dormir en paz.

Mercedes, abrazándolas, les dice: —Gracias por todos los momentos compartidos en esta larga noche. Vamos a dormir.

La abuela Manuela bendice a su hija Mercedes y a su nieta con un beso y se despide.

Ya es otro día. Antonela se ha dormido hasta tarde y ve en su celular que son las 10:00 a.m. El sol, con sus rayos brillantes, ilumina su habitación. Antonela siente pereza para levantarse, pero la abuela Manuela logra entrar muy despacio, sin hacer ruido. Acercándose poco a poco y moviéndola con las cobijas, le dice: — Osita perezosa, levántate, que ya son las dieeeeeez.

Su nieta no quiere hacerle caso y se estira dentro de sus cobijas. La abuela sale a colocar el morocho con el pan, y después de rogarle a Antonela para que se despierte, por fin comen su desayuno. De inmediato, se cambian de ropa y se dirigen al parque de su pueblo llevando varias cajas pesadas y livianas. Se estaba acercando Marlon con un coche y un burro. Antonela comenzó a sentirse nerviosa y sus actitudes no eran coherentes, ya que a veces movía las cajas y se le caían. Fue la ocasión perfecta para que el chico de las flores se acercara más a su princesa. Después de ayudarla a levantar las cajas, le dice: — Buenos días, estrella de mis mañanas —le dijo Marlon.

Antonela, un poco sonrojada, le responde: — Las estrellas solo aparecen por la noche, mejor ven de noche.

Marlon, sonriente, le contesta: — Mi mona, te ayudaré en todos los momentos porque somos mejores amigos y sabes que la vida continúa. Un día te darás cuenta de los sentimientos que se encontrarán.

Antonela se quedó pensando, mientras la señora Mercedes salía a servir un poco de natilla con galletas navideñas para la abuela, su hija y al chico que tiene buen comportamiento al ayudar a su única hija.

Se empezó a sentir un buen ambiente navideño, y las sonrisas eran contagiosas en esos momentos festivos. Finalmente, todos se abrazaron y se desearon: "¡Feliz Navidad!"

Nuestro insólito reencuentro

Por Laura Valentina Garcia Ararat

Después de una ardua discusión con su padre, Julietta salió corriendo hacia el Gran Parque ubicado a unos 15 minutos de su ostentosa casa. Estaba tan molesta que, en un arranque de ira, lanzó a mitad de camino un pequeño colgante dorado que poseía un gran valor sentimental. Las calles se encontraban vacías y el ambiente de la noche era emotivo, pues la mayoría de familias compartían la víspera navideña en compañía de sus seres queridos. Tras su llegada, Julietta se sentó en una banca ubicada cerca del lago. Lloró hasta tal punto que sus ojos se hincharon y un molesto dolor se apoderó de su pecho.

— ¡Rayos! ¿Por qué tuvo que suceder todo esto? ¡Simplemente ya no lo soporto más! —expresó con su voz enronquecida gritándole al aire.

Se paró de la banca y observó la luna menguante que adornaba el cielo estrellado, mientras un leve viento movía las copas de los árboles y su cabello rizado. —Espero verte pronto nuevamente. —susurró dejando caer un par de lágrimas sobre sus mejillas. Elevó una amarga sonrisa al cielo y decidió volver a sentarse. El frío no la invadía por su chaqueta de cuero negra que hacía conjunto con su enterizo y botas grises. Sacó un espejo de su cartera y visualizó lo mucho que le había afectado el llorar sin parar, su maquillaje estaba casi arruinado. De pronto, observó que un niño, aproximadamente de siete años, estaba muy cerca del lago y decidió correr tras él.

—Ey niño ¿qué te pasa, acaso quieres morir? ¿Tus padres no te han dicho que está prohibido acercarse al lago? —dijo Julietta alcanzando a sujetarlo del brazo.

—Lo siento señorita, no tengo padres, soy huérfano. —expresó el pequeño con una mirada triste y perdida.

—Realmente lo siento. —Le respondió la chica al soltarlo

—Me llamo Julietta ¿Cómo te llamas?

—Soy Matías.

Ambos se sentaron en la banca y conversaron sobre el por qué se encontraban en ese lugar al contrario de estar celebrando la llegada de la Noche Buena con sus seres queridos. El niño le dijo que había decidido escapar del orfanato porque nadie lo quería, además recibía constantes críticas y burlas por parte de los otros niños y de algunas monjas dado su origen extranjero. Lo discriminaban por ser venezolano y por tener la piel morena en un territorio en el cual predominaba la gente de piel clara. La chica terminó empatizando con el sentimiento del niño dado a su origen birracial y aunque contaba con el privilegio de pertenecer a una familia adinerada no se salvaba de experimentar el desprecio de varios miembros de su familia paterna y de algunos vecinos en general. Matías con su carita llena de lágrimas le comentó sobre la travesía que habría pasado con su madre para llegar hasta este país y de cómo la pobre fue vilmente asesinada por unos malos hombres que se llevaron sus últimos recursos económicos.

Para Julietta fue inevitable no llorar, las fibras de su corazón se encontraban sensibles pues tres meses atrás su madre también había perdido la vida. Le contó que sus padres habían salido de paseo deseosos de celebrar el día de los enamorados, pero lamentablemente mientras su padre conducía perdió el control y chocó contra un árbol. Su madre recibió el mayor impacto desprendiéndose de esa forma del plano de los vivos. Ella aún seguía culpando a su padre por el fatal destino de su madre hasta llegar al punto de desear que el accidente se lo fuera llevado a él. El pequeño niño trató de consolar a la chica diciéndole que por lo menos su padre estaba con vida y que sobretodo la amaba, que no debía de desearle la muerte porque seguro su mamá no se sentiría feliz y que realmente debía pedirle perdón porque no cree que esa haya sido su intención.

Aunque parezca increíble, las inocentes palabras del niño ablandaron el corazón de la chica. Abrazó a Matías y le agradeció por escuchar su historia. De repente el niño le dice que tiene un regalo para ella, ¡Vaya sorpresa se ha llevado Julietta al ver que es el colgante dorado que había botado!

—Pero… ¿Cómo hizo para encontrarlo?

—Luego de caminar por mucho tiempo, una señora se me acercó, me lo entregó y me dijo que se lo llevara a una chica que estaba en el parque muy triste.

Exploró tal argumento con algo de escepticismo pero de igual forma decidió contarle la historia de ese colgante al niño:

—La inscripción del dije dice: *Unidos hasta la eternidad y amados en la más vasta dificultad* porque solíamos ser una familia muy amorosa y unida, solo que la muerte de mi madre lo cambió todo… Este dije se puede abrir. Mira, adentro hay una foto de mis padres conmigo.

—Wow, pero si ella es la señora que me entregó el collar. —indicó Matías confundido, señalando el rostro de la mujer negra que aparecía en la foto.

—Mira esto ya no me está gustando… es demasiado cruel que juegues con esto. —Refutó Julietta en tono molesto al levantarse de la banca.

—No te enojes. Yo se lo entregué. —expresó el espíritu de la madre de Julietta semi—materializado mientras el nerviosismo se apoderaba de los presentes.

—Hija mía, estoy feliz porque por fin podré descansar en paz. George no tuvo la culpa del accidente, él estaba conduciendo y de la nada apareció un conductor embriagado en contra vía. Él trató de esquivarlo pero terminamos estrellados en un árbol. Espero no le guardes rencor a tu padre porque realmente los amo.

La madre de Julietta lucía una vestimenta blanca. Tenía un gran cabello afro y poseía un espectacular cuerpo de reloj de arena. Antes de despedirse les indicó a los menores que disfrutaran de la Navidad y fueran a reunirse con George, el padre de la chica porque no la estaba pasando nada bien.

—Querida hija, no espero verte pronto, así que disfruta de la vida que tienes por delante. Te amo. —Fueron estas las últimas palabras pronunciadas por Francesca hasta que finalmente desapareció.

****

Después de que los menores procesarán todo lo que había sucedido, Julietta observó la hora en su celular junto con una gran cantidad de llamadas perdidas por parte de su padre. Lo llamó y le indicó que se encontraba bien, que ya volvería a casa y que llevaría con ella a un pequeño invitado. Cerca de las once y treinta de la noche ambos se encontraban en casa. George abrazó a su hija y lloró al confesar sus nulos deseos de perderla. Julietta hizo las paces con su padre. Le contó sobre el encuentro sobrenatural con Francesca y sobre su último deseo antes de emprender el viaje hacia el descanso eterno. Sirvieron la cena navideña que George había preparado con antelación, pues le había dado el día libre a sus empleados y compartieron de esta forma una amena Noche Buena. El cariño y aprecio que tanto George como Julietta desarrollaron por Matías con el paso de los meses terminaría influyendo en su adopción pero eso ya queda para otra historia.

El cero de enero

Por Sergio Luna Otálora

La víspera de año nuevo es de esas fechas que evocan sentimientos de nostalgia y alegría, unión familiar, amigos, tradiciones y agüeros. De hecho, uno siempre ve a mucha gente buscando la forma de atraer para el año entrante fortuna, dinero, amor y buena suerte a través de ellos.

Mi familia es agüerista, creería que demasiado, mi tía no falla con las doce uvas, mi mamá llena los bolsillos de todos con lentejas para que no falte el dinero, mis hermanos y sobrinos corren con las maletas para asegurarse de viajar, mi tío usa ropa de diferente color dependiendo de lo que quiera atraer para el próximo año y mi papá descorcha la champaña para bañarnos a todos en señal de buena suerte. Yo lo hago solo por pura diversión y no perder las tradiciones, aunque a veces le meto un poquito de fe para que si se me cumplan mis deseos.

Sin embargo, hay una tradición en la que no fallo, cada Nochevieja leo la lista de los propósitos que he hecho para el año que acaba y conforme a eso hago los del entrante. Pero lo más divertido de eso es que al día siguiente mi mejor amigo Anthony y yo leemos las listas de ambos y si hay algún sueño compartido hacemos todo lo posible por cumplirlo juntos.

Once y cincuenta y nueve de la noche del 31 de diciembre, en medio del bullicio y la algarabía de la reunión familiar, mi tía ya había repartido las uvas de los deseos. Yo estaba pensativo pues según la tradición debía pedir uno por cada campanada que anunciara el año nuevo, solo me quedaba la última, pero esta vez sentía que ya había agotado el recurso mágico de las uvas y mi anhelo no se iría a cumplir.

—¿Qué te ocurre Ignacio? — me reprochó mi tía al no verme animado. —parece que no te alegrara que llegue un año más—.

—Lo que pasa es que el año pasado hice mi lista de propósitos, pero hubo uno de ellos que no logré realizar, y era el más especial de todos—.

—Bueno, están por llegar 365 nuevas oportunidades para que lo logres, confía en que este año que viene si lo podrás hacer realidad y cómete la uva—.

—No lo sé tía— dije un tanto aburrido —era una de esas oportunidades que solo se tienen una vez en la vida, dudo que pueda hacerlo este año—.

—Nunca des nada por hecho sin haberlo intentado, además recuerda muy bien estas palabras cada que leas tu lista de propósitos en año nuevo, siempre hay que creer en la magia de los nuevos comienzos— terminó mientras me daba un abrazo y se sonrió.

El reloj llegaba a los diez últimos segundos del año, el locutor en la radio anunció y la cuenta atrás inició, todos estábamos reunidos en círculo, unos con matracas y otros con cornetas, sentía el corazón palpitar a toda prisa.

—Seis, cinco, cuatro, tres, dos, uno…— Gritaban todos al unísono.

Y justo en el último segundo antes de dar las doce, gritando mi deseo me la tragué.

— ¡Desearía poder regresar en el tiempo y arreglar las cosas!

En seguida sentí que me ahogaba con la uva y la respiración se me cortó, me fui desmayando mientras a mi alrededor las caras de mis familiares se tornaban difusas y mientras gritaban mi nombre una luz blanca borraba todo a su paso.

—Ignacio, Ignacio, Ignacio—— escuchaba a lo lejos las voces de mi familia que se desvanecían hasta transformarse en una sola voz dura y ronca que me gritó.

— ¡Ignacio!

—¿Quién es usted? — Grité al abrir los ojos de nuevo y levantarme súbitamente.

Confundido, vi frente a mí a un anciano con barba larga, traje azul claro brillante y un reloj de arena en la mano izquierda y un calendario en la mano derecha.

—Pues verás— dijo con una amable sonrisa — Soy el Padre Tiempo, y me temo que tu deseo nos ha causado un pequeño encuentro que debemos resolver.

—¿Mi deseo? — reproché aún sin entender —Era solamente una tradición de año nuevo, necesito saber dónde estoy, dónde está mi familia y qué hago aquí.

—Estás en el 0 de enero— continuó Padre Tiempo — esta es una fecha inexistente en el tiempo ordinario, pero que cada fin de año se activa por una milésima de segundo, y abre un portal a un pequeño lapso entre el 31 de diciembre y el 1 de enero solo a aquellos que tienen deseos muy profundos de año nuevo, este es el caso tuyo Ignacio, por lo que activaste con él la entrada a esta dimensión —

—¿Cero de enero? — dije un tanto asustado y tembloroso —¿Entonces en que se año se supone que estamos?

—Eso es un misterio que ni siquiera yo puedo resolver— contestó intrigado —técnicamente ya pasaste el 31 de diciembre por lo que año anterior ya terminó, pero no has cruzado al primero de enero por lo que no estás en el año nuevo aún.

Aún sin entender que era realmente esa dimensión, y con ganas de resolverlo todo, le pregunté a Padre Tiempo como era que eso podría hacer mi deseo realidad.

—Es sencillo realmente, el cero de enero puede transformarse en cualquier día del año que tú quieras ver y modificar a través del Libro del Año, puedes hacerlo a tu antojo para "arreglar las cosas", tal y como tú lo deseaste.

—¿Y qué es eso del Libro del Año? — pregunté mientras lo observaba en un atril de cedro. Tenía la cubierta dorada, hojas de pergamino y en su portada el número escarchado del año saliente.

—El Libro del Año es el recuento de cada uno de los días que pasaron y componen el año que termina, cada página es un día especifico, normalmente al cambiar de un año a otro es firmado automáticamente por cada persona que va iniciando el nuevo, pero en casos excepcionales en que alguien entra en el 0 de enero se da la oportunidad de reescribir las páginas.

—¡Genial! Necesito cambiar las cosas de algunos días y hacerlas mejor— dije animadamente.

—¡Un momento! — me detuvo él —Has de saber que hay reglas que cumplir para que esto funcione. La primera, el deseo no puede evitar la muerte de nadie, sea persona, planta o animal, eso inminentemente sucedería bajo cualquier circunstancia así tú la modifiques. La segunda es que solo puedes modificar las fechas una sola vez, y la tercera y más importante, una vez que estés seguro que deseas dejar las cosas así, deberás fírmalo en la página número 365 correspondiente al 31 de diciembre, al hacerlo no podrás volver atrás y todo transcurrirá como tú lo modificaste, los cambios y consecuencias son irreversibles.

—¿Y si quiero revertir los cambios antes de firmar?

—Simplemente debes pasar tu mano de abajo a arriba sobre la página y volverá todo a como sucedió antes, pero recuerda solo tienes una oportunidad en cada fecha— me explicó.

—¡Es como manejar el tiempo! — suspiré con ánimos.

—El tiempo no se maneja, y hay un detalle más que debes saber— dijo seriamente haciendo una pausa —El lapso que tienes para hacer las cosas es limitado, lo que vayas a cambiar debes hacerlo antes de que el año nuevo le dé la vuelta entera a la Tierra, pasado esto, él se firmará automáticamente estés o no de acuerdo con lo que esté escrito, y se cerrará para siempre.

—Bien Padre Tiempo, dime cómo funciona esto— le dije ya decidido.

—Abre el libro y pídele ir hasta la fecha deseada, cuando ya todo esté como tú quieras, solo le debes pedir regresar al cero de enero y estarás aquí de nuevo.

Asentí a las palabras de Padre Tiempo y me dirigí hacia el libro, lo tomé con un poco de miedo y nostalgia y pensando en la oportunidad que me estaban dando deliberé en una fecha específica en la que quería hacer las cosas diferentes y lo abrí.

—Libro del Año, llévame al 24 de marzo— grité con todas mis fuerzas.

Un haz de luz blanca se emitió del libro y en un parpadeo me encontraba de nuevo en aquel día en que estuve a punto de conocer a mi ídolo del futbol nacional, Danny Ortega, el guardameta de la Selección nacional había pasado saludando a todos los fanáticos, y aunque lo había visto a unos metros de mí, el cometido mío era acercarme, pedirle su autógrafo y una foto.

Anthony y yo estábamos en el estadio de futbol, los cánticos de la gente, las banderas ondeándose y la euforia al ver salir a los jugadores, todo era real, estaba viviendo por segunda vez un mismo día ya pasado.

—Esto del cero de enero si funciona— pensé — debo acercarme a Ortega sea como sea, tengo solo una oportunidad de hacer bien las cosas.

—¿Qué tanto piensas? — replicó mi amigo al verme la cara como de intriga.

—¿Me creerías si te dijera que estoy viviendo este momento por segunda vez?

—¡Que tonterías son esas! — dijo en tono burlón — el partido ya va a empezar, Ortega es el arquero titular y ya están saliendo los jugadores.

—¡Pero tengo que conocerlo de cerca! — repliqué.

—Pues después del partido vamos a…

—Después del partido vamos a la concentración a esperar a que salga a ver a sus seguidores y pedirle el autógrafo— dije repitiendo lo que ya sabía que Anthony iba a decir.

Él se quedó atónito creyendo que le había leído la mente, lo cierto es, que ya tenía otro plan, pues lo hecho originalmente aquel día para nada había funcionado y solo había terminado en mi ilusión rota dentro del cuarto del hotel.

El juego se desarrolló tal cual lo había visto, sabía ya cuál sería el marcador final, quien anotaría los goles y en qué minutos, lo que no me hizo gozar el partido totalmente como la primera vez, solo pensaba en mi poderoso plan que haría al finalizar el evento.

—¿Ignacio que te pasa? — me regañó con furia él —venimos a ver al equipo de nuestros sueños, tienes a Ortega jugando en vivo y en directo, y parece que estuvieras viendo una partida de ajedrez.

—Anthony, esta vez vamos a conocerlo de cerca— dije con decisión.

Finalmente, el juez del partido lo dio por terminado, habíamos ganado y el público clamaba a sus héroes, fue el preciso momento en que mi impulso cobró vida, tomé a Anthony del brazo y lo halé escaleras abajo.

—¿Qué se supone que estamos haciendo? — gritaba confundido mientras corría detrás de mí.

—¡Iremos a ver a Ortega! — exclamé mientras que corriendo choqué contra unas personas.

Me bajé y brinqué la valla de seguridad, soltando a mi amigo que estaba atrás sin respiración, corrí con todo mi aliento cruzando la cancha repitiendo el nombre de mi ídolo una y otra vez para que me escuchara, pero el bullicio era tanto que apenas mi voz si se escuchaba e ignoraba que yo corría por él.

El campo se me hizo como un eterno desierto, y lejos aún, vi como todos los jugadores ingresaban al camerino, aceleré el paso, y justo antes de que

Ortega entrara lo alcancé para decirle lo mucho que lo admiraba y que quería su autógrafo y una foto con él.

No podía creer que mi sueño se estuviera haciendo realidad, en ese momento pensé que este viaje al cero de enero era lo mejor que me había pasado y podía sumar la única meta que me había hecho falta cumplir en los propósitos de la Nochevieja anterior.

—¡Anthony, al fin lo logré! — exclamé buscando a mi amigo atrás de mí, pero no lo encontré.

Salí apresuradamente de los camerinos y recorrí con la mirada todo el campo buscándolo hasta que, a lo lejos al otro lado de la cancha, lo divisé y corrí hacia él para contarle mi gran hazaña. Pero al acercarme vi que su panorama no era como el mío, de hecho, lo encontré sentado en una banca, mojado, con un brazo vendado y un par de policías a su lado.

—¿Y a ti que te ocurrió? — dije con sorpresa al verlo así —estaba esperándote para que conociéramos a Ortega.

—Por lo visto es lo único que te importa, ¿verdad? — contestó enojado. —Resulta que en tu afán de saltar a la cancha hiciste que al tratar de que brincáramos la valla me callera con todo al suelo, mientras tú corrías tras Ortega ignoraste como todo el público arriba se burlaba de mí, la gente con la que chocamos empezó a abuchearme y arrojarme agua, con la grama del piso me raspé el brazo entero y por violar las normas de seguridad tengo que pagar una multa, los agentes dicen que no me van a arrestar porque no tengo antecedentes penales, pero aquí me tienen detenido hasta que den la orden de liberarme e irme.

—Oye perdóname, no sabía que había ocurrido eso, es más, creí que venías atrás de mí— dije tratando de disculparme —pero mira el lado bueno ¡logramos conocer a Ortega!

—¡Lograste! querrás decir— refunfuñó con ira.

—Yo sé que esto no debió de haber ocurrido, pero al menos deberías estar feliz por mí, cumplí mi sueño, al fin hice las cosas como debía, además, la finalidad de que viniéramos hasta acá era que yo conociera a Ortega, y eso fue lo que pasó.

—¿Cómo puedes ser tan egoísta? — replicó Anthony levantándose — ¡Realmente si era tu sueño! y yo vine contigo porque quería compartirlo y vivirlo junto a ti, pero veo que solamente con tal de que así lo hubieras hecho, eso basta para ti.

El policía le indicó que ya podía irse, él me miró con rabia y me dijo que se iría para el hotel, que no quería hablar conmigo y que no lo siguiera.

—¡Anthony espera! — grité intentando detenerlo.

—Ignacio ya te dije, no quiero hablar contigo, es más, no quiero tener nada que ver contigo, ni ahora ni nunca, tú solo actúas pensando en ti mismo, nunca te detienes a pensar si lo que haces está bien para los demás, nunca me dijiste lo que querías hacer y si a mí me parecía bien, siendo que yo estaba contigo, pues entonces si pudiste hacer esto solo puedes hacer todo solo, ya hasta aquí llegó nuestra amistad— se volteó y se fue.

Para ese momento ya el estadio estaba vacío, se apagaban las luces, y yo estaba pensativo con un sentimiento agridulce, había logrado mi sueño, pero me había costado su amistad, no sabía qué hacer.

En la noche me fui al bar del hotel y me senté a pensar en Anthony, sabía que había hecho las cosas mal pero no había sido a propósito, quería en verdad disculparme y por un largo rato preparé el discurso que le diría para pedirle perdón.

Vi la hora y era casi medianoche, me dirigí a la habitación y me dispuse a abrir la puerta y confrontarlo de nuevo, pero un aire frío y una voz retumbante en mi oído me detuvieron.

—Ignacio, ya es hora de regresar.

En un momento estuve de nuevo frente a Padre Tiempo en el espacio del cero de enero y le repliqué que yo no había pedido aún volver.

—Lo siento, pero el día que pediste casi terminaba, después de medianoche será otra fecha y solo podías estar una vez en la fecha que acordaste.

—Pero aún debo arreglar las cosas con Anthony, toda esa presión de tener el tiempo encima, solo hice lo que primero se me ocurrió y resultó en algo que no quería que pasara.

—Lo siento, pero son las reglas— suspiró Padre Tiempo —sin embargo, aún puedes devolver todo a como ocurrió originalmente y nada cambiará.

—Pero eso implicaría no lograr mi sueño, y me sentí tan dichoso de haber podido ver a Ortega que olvidé completamente a Anthony, fue un error— sollocé casi llorando.

—Lo sé Ignacio, pero no hay nada que pueda yo hacer, son tus acciones y debes asumir sus consecuencias.

Por un momento pensé en si quería o no devolver las cosas a lo originalmente ocurrido, tenía que escoger entre mi sueño cumplido o mi mejor amigo, y realmente no era una decisión fácil de tomar.

—Padre Tiempo, sé que no puedo regresar a la misma fecha ¿pero y si regreso al día siguiente aún podría cambiar las cosas de como las dejé?

—Puedes cambiar los eventos de ese día, pero ten en cuenta que al cambiar los acontecimientos del día anterior eso repercute en el día siguiente y este será totalmente diferente al que originalmente viviste, así que no llegarás con la misma certeza que lo hiciste la primera vez.

—Debo intentarlo— suspiré con temor —debo recuperar a mi mejor amigo y dejar mi sueño cumplido.

—Lo que vayas a hacer debes apurarte, gastaste 5 horas cambiando el día anterior y ya solo quedan poco menos de 4 para que el año nuevo le dé la vuelta entera al mundo—

Con miedo a no saber lo que iba a suceder abrí el libro y le pedí ir al 25 de marzo, el día siguiente al que había alterado ya.

En un instante me encontré en la habitación del hotel, vi la maleta de Anthony lista y la mía a medio ordenar, pero no lo encontraba a él, vi el reloj en la pared que marcaba las 8:07am, tenía hasta justo las 12:00 de mediodía para arreglar todo, así que corrí a buscarlo en el baño, en el pasillo, en el bar y en el lobby, pero no lo hallé.

Regresé a la habitación apurado sin saber qué hacer, vi que en la mesa de noche aún estaban los pasabordos del avión y me apresuré a tomarlos lo que hizo que el control remoto del televisor se cayera al suelo y la encendiera.

"*…Y así es como despide la multitud a nuestros grandes héroes futboleros que dieron un maravilloso espectáculo en el estadio anoche, vemos como abordan el bus que los llevará al aeropuerto local para tomar el vuelo que en dos horas los llevará a su siguiente destino para enfrentar al próximo equipo en condición de visitantes…*".

Cuando escuché las palabras de la reportera vi los boletos, nuestro vuelo partía en 4 horas, tenía el tiempo suficiente para cambiar las cosas. Entonces ideé un plan que podría solucionar la situación, si adelantaba todo para llegar más temprano al aeropuerto lograría que Anthony pudiera conocer a Ortega antes de que abordara su vuelo y podría perdonarme el error que había cometido.

Me animé a pensar que mi plan daría resultado y me apresuré a terminar de empacar la maleta cuando vi a mi amigo entrar por la puerta.

—¿Y tú dónde estabas? — le repliqué — te busqué por todos lados, debemos partir ya para el aeropuerto.

—Estaba desayunando— contestó él a regañadientes —te lo dije antes de salir, pero estabas aún dormido, además, el vuelo sale en cuatro horas y aún tenemos tiempo suficiente y no quiero ir contigo a ningún lado.

Era evidente que los efectos de haber cambiado el día anterior si repercutían en el resto de días, Anthony estaba furioso conmigo y no lograba convencerlo de irnos ya.

—¡Te llevaré a conocer a Ortega! — le grité mientras él atravesaba la puerta para salir.

—¡Debes estar bromeando! — dijo volviéndose a mí y mirándome con ira —No iré contigo y no voy a volver a seguirte en tus cosas porque no quiero volver a vivir otro embarazoso incidente como el de anoche, si es que no recuerdas como terminó para mí.

En seguida agarró su maleta, azotó la puerta y se fue, intenté detenerlo, pero al tratar de abrir la llave se atascó y no pude salir, me asomé por la ventana y lo vi tomar un taxi, miré de nuevo el reloj y marcaban las 8:38am, ya tenía media hora menos y debía alcanzar a mi amigo y llevarlo antes de que Ortega se montara al avión.

Bajé al lobby y la recepcionista me informó que él había tomado el taxi rumbo al aeropuerto, acto seguido hice lo mismo con el afán de alcanzarlo, pero el tráfico estaba demasiado pesado y el tiempo jugaba en mi contra.

Al llegar ya eran las 9:04 a.m., rayaban las tres horas para encontrar a Anthony en un sitio tan grande, aun así, recorrí todo el lugar, volteando la mirada aquí y allá hasta que a lo lejos lo divisé.

—¡Anthony! — grité con todas mis fuerzas.

Él no se percataba aún de mi presencia y corrí por todo el pasillo, por una extraña razón tenía la misma sensación de quererlo alcanzar como cuando me atravesé toda la cancha en busca de Ortega.

Y estando a pocos metros de él, una turba de gente se me atravesó, todos con banderas, pitos y sus celulares vitoreando al equipo de la selección nacional que acababa de llegar, y entre los jugadores vi a Ortega, entonces me abrí paso entre la gente para llegar hasta él.

—¡Ortega! ¡Ortega! — decía yo entrecortadamente tratando de asomarme entre el gentío, pero los gritos ahogaban mi voz —¿me recuerdas?

Sentí que él me había volteado a ver y traté de estirar la mano para tocarlo y llamar su atención, lo tuve casi en frente, pero un tipo atravesándose me lo tapó.

—¡A un lado! — dijo y me empujó fuera —tú ya tuviste tu oportunidad, deja que otros también lo conozcamos.

Caí al suelo y solo vi los pies de Ortega alejarse de allí, los escoltas intentaban alejar al tumulto, pero la gente no cedía por querer un autógrafo o una foto con sus ídolos.

Pensaba en que debía hacer, el avión de los jugadores salía primero que el nuestro, así entonces, si lograba ubicar primero a Ortega en un punto fijo como la sala de abordaje podía después encontrar a Anthony y llevarlo hasta él para que al fin lo viera frente a frente.

Me levanté entonces y me iba a dirigir tras ellos, pero en ese justo instante vi a mi amigo salir de la fila de la entrega de equipaje, era la oportunidad perfecta para llevarlo.

—¡Anthony al fin te encuentro! — exclamé agitado. —tienes que venir conmigo ¿viste el gentío que pasó por aquí?

—No, realmente me fui a la otra sala, quería comprar unos suvenires y...

—Pero ahí iba Ortega y todos los demás jugadores ¿cómo es que? — le repliqué.

—¡Otra vez con ese asunto Ignacio! — gritó con furia, y enojado se fue en dirección contraria de donde se dirigía el equipo.

Para cuando vi el reloj gigante del aeropuerto este marcaba ya las 10:01 a. m., sentía la presión del tiempo cada vez más, pues el vuelo de los jugadores estaba programado para las 10:10, así que dejando a Anthony solo corrí a alcanzar al equipo.

Tan solo nueve minutos eran la diferencia del destino de nuestra amistad, tenía que llegar antes de que el embarque finalizara y lograr mi hazaña.

Sentía que todo este día me la había pasado corriendo, tratando de cambiar un destino que ya había sido marcado en su momento, definitivamente luchar contra el tiempo no era tarea fácil.

Corrí y corrí por todo el aeropuerto, me brinqué la zona de seguridad y llegué a la sala de embarque, apurado preguntaba a la gente que allí se encontraba si habían visto a mi ídolo, si era la sala correcta, si el avión ya había despegado.

—Yo los vi entrar por aquella puerta de ingreso— me indicó un hombre amablemente.

Me adentré entre la fila de los pasajeros y forzosamente logré ingresar en el avión.

—¡Danny Ortega! — grité, a lo que todos los ocupantes voltearon a verme con extrañez.

Él alzó la mirada, y desde lejos noté como me veía con una cálida sonrisa en su rostro, se quitó su cinturón y se levantó de su silla.

—¿Lo conoces? — le susurró el jugador que estaba sentado a su lado a lo que asintió con la cabeza y empezó a acercarse a mí.

—Te necesito— dije agitado —la amistad con mi mejor amigo se arruinó y solo tú puedes ayudarme a salvarla.

—Tú eres el que anoche…— aún estaba hablando cuando se vio interrumpido por un grupo de escoltas y patrulleros que me agarraron por la espalda.

—¡Agáchese con las manos arriba! — me alertó el capitán de la policía — está detenido por saltarse protocolos de seguridad del aeropuerto e intentar ingresar a una aeronave sin autorización afectando la seguridad del vuelo y todos los pasajeros.

Delante de la mirada de mi héroe y de todos los demás fui sacado del avión y llevado a una sala de esas donde ingresaban a los pasajeros sospechosos.

Me sentía devastado, ya no podía hacer nada, escuché como el avión donde él iba había despegado y no había logrado ni siquiera haberle dicho nada para que conociera a Anthony, de quien por cierto no sabía si quiera si estaba enterado de mi situación y en ese momento era el único que me podía ayudar.

Para ese entonces el reloj marcaba las 10:56 a. m., tenía una hora y cuatro minutos para salir de aquí o todo mi esfuerzo y mi relación con Anthony se acabarían del todo.

—Joven Ignacio, puede salir— señaló un patrullero —alguien ha venido por usted y ha firmado el acta de libertad.

—¡Anthony! — suspiré y me levanté presuroso.

Pero cuando abrieron la puerta me quedé atónito de la sorpresa, mi amigo no estaba y la persona que menos esperaba se encontraba parada frente a mí sacándome del apuro más grande en que me había metido.

—¿Eres el que anoche se atravesó la cancha entera para conocerme, cierto?

—Danny… ¿Danny Ortega? — murmuré con la voz entrecortada y temblorosa —Pero ¿Cómo… cómo es posible? — tartamudeaba.

—Te escuché decir que necesitabas mi ayuda para salvar una amistad, no podía irme sin hacerlo, y si más que darte un autógrafo puedo servirte en algo, eso valdrá mucho más que solo ser admirado por ser una persona con fama, eso es totalmente secundario.

Su cálida y amistosa voz me bajaron la ansiedad que sentía, pero tenía que aceptar que tener a mi ídolo frente a mí queriéndome ayudar no era algo que fuera a suceder todos los días, y definitivamente sentía que haber tenido ese deseo era lo mejor para hacer de este un año que jamás iba a olvidar.

Ortega me dio voces para saber que debía hacer, le conté la historia de cómo había decidido correr hacia él, pero como eso me había costado lo ocurrido con Anthony y lo que tenía en mente hacer para recuperarlo, y con todo el razonamiento que pude manejar intenté explicarle también porque tenía el tiempo en contra y finalicé preguntando qué hora era.

—Son las 11:11— respondió él aún sin entender.

—Tengo 49 minutos, el tiempo se me agota— murmuré con voz trémula —tengo que encontrar a mi amigo—

—Lo iremos a buscar juntos— me apoyó él, poniendo su mano sobre mi hombro.

Sin embargo, analicé por un momento el panorama y decidí que mejor iría solo en su búsqueda, si Ortega venía conmigo probablemente la gente volvería a armar un tumulto por él, así que era mejor que me esperara allí en la oficina y yo traer a Anthony a como diera lugar, era en definitiva mi última oportunidad.

El tiempo se fue agotando poco a poco, luego de darle dos recorridos enteros a la sala de espera y los locales, encontré a mi amigo sentado tomando café en un rincón mientras contemplaba los aviones de la pista.

—Anthony… — lo llamé con timidez.

—Si intentas hacer que reconsidere las cosas es mejor que no pierdas más el tiempo— hizo una pausa a la vez que yo volteé la mirada al reloj del aeropuerto que marcaba ya las 11:48am.

—¡Tienes que venir conmigo! — le supliqué apurado —tengo a Ortega esperando en una oficina para conocerte y…

—¡No quiero! — replicó —no has entendido que no se trata solo de eso, es tu actitud Ignacio, siempre queriendo que todo sea como tú dices, creí que si venía contigo cumpliríamos el sueño juntos como nos lo habíamos prometido en año nuevo, como estaba en las listas que compartimos y…

—¡Pero quería que ambos lo conociéramos!

—¡No es cierto! — refunfuñó —tú quisiste conocerlo, y me alegra por ti que hayas cumplido tu propósito del año, pero te aseguro que en ese momento pensaste solo en ti, en que de cualquier forma debías de verlo, y fue tanto así que ni siquiera te diste cuenta de lo que ocurría conmigo solo por preocuparte por ti, y no quiero ser amigo de alguien que solo piensa en sí mismo.

Suspiré agachando la cabeza, tenía las lágrimas contenidas en los ojos y quería gritar, intenté convencerlo, pero entre más lo hacía, más se negaba en creerme.

—Daría lo que fuera porque me creyeras y me perdonaras, eres mi mejor amigo y eso vale mucho más que cualquier otra cosa.

—Ya es muy tarde para decirlo— dijo con rudeza —ya lo que se hizo es irreversible, no puedes regresar el tiempo, eso no se puede.

Sus palabras, aunque duras me hicieron levantar de nuevo la mirada, lo admiré por un instante y recordaba los buenos momentos que habíamos pasado, volví mis ojos al reloj y noté que marcaban las 11:55am.

—Sí que se puede— asentí con la cabeza, la levanté y grité —¡Libro del Año, llévame al cero de enero!

En seguida todo se desvaneció y volví al mismo espacio blanco vacío junto a Padre Tiempo, me miraba con intriga y me preguntó si ya estaba listo para firmar el libro.

—Aún no Padre Tiempo, tengo una última pregunta.

—Dime ¿qué quieres saber?

—Si deseo dejar las cosas como estaban antes ¿seré capaz de recordar todo esto?

—Es imposible Ignacio— contestó bruscamente —tu mente solo podrá recordar lo que hayas decidido dejar o cambiar, pero no ambas, el tiempo solo es uno y solo vives un día y un momento a la vez, de hecho, ni siquiera serás capaz de recordar que estuviste aquí

Era una decisión complicada, si dejaba las cosas como eran originalmente mi sueño no se habría cumplido y no recordaría nunca haber tenido a Ortega frente a mí ayudándome a recuperar a mi amigo, por el contrario, si dejaba las cosas que había cambiado tendría en mi mente y corazón la satisfacción y el grato recuerdo, además de la foto y el autógrafo de mi ídolo, pero perdería a Anthony totalmente.

—¡Padre Tiempo, dime que debo hacer! — imploré por su ayuda.

—Esa es una petición que no puedo concederte hijo mío, solo en tu corazón sabrás lo que es correcto, tú conoces tu pasado, vives tu presente y con eso forjas tu futuro.

—¿Cuánto me queda para firmar?

—¡Apúrate! el año nuevo está a solo dos minutos de darle la vuelta entera al mundo

Con las manos temblorosas abrí el libro en la página del 31 de diciembre y me detuve a leer el último párrafo, algo que no había hecho en todo este tiempo.

"Y en el último segundo del año, Ignacio se hecho la última uva a la boca y gritó con fuerza y fe — ¡Desearía poder regresar en el tiempo y arreglar las cosas! — Para así culminar un año más"

—Entonces todo lo que hacemos y decimos queda consignado aquí—

—Absolutamente todo— añadió Padre Tiempo —¡pero decide ya! solo te queda 1 minuto para firmar lo que dejarás escrito en el Libro del Año.

—Si Padre Tiempo, ya tomé mi decisión.

Él se sonrió y faltando 30 segundos me devolví a la página del 24 de marzo y pasé mi mano de abajo hacia arriba para dejarlo todo tal cual había ocurrido originalmente, con una extraña sensación en el corazón de que a pesar de que olvidaría todo lo ocurrido con Ortega y mi sueño cumplido, habría hecho lo correcto y habría aprendido la lección.

—Sé que no pude arreglar las cosas, pero las puedo hacer mejor el año que viene— suspiré con nostalgia —tengo otros 365 días más para cumplir mis propósitos, pero tengo solo un mejor amigo al que debo conservar para siempre.

—Solo recuerda que siempre hay que creer en la magia de los nuevos comienzos— respondió Padre Tiempo con una risa bonachona.

En eso un haz de luz me cegó haciéndome cerrar los ojos, para que al abrirlos de nuevo regresara a la fiesta de Nochevieja al momento justo en que había pedido el deseo y daban las 12:00 del 1 de enero mientras toda mi familia entre abrazos y pitos se deseaban el Feliz Año Nuevo.

En medio de la algarabía y el desorden escuché que me entraba una llamada al celular, me alejé un poco de la fiesta y contesté.

—¡Anthony! — grité con sorpresa.

—¡Feliz año nuevo amigo mío! — respondió con euforia —este año tenemos muchos sueños y propósitos que cumplir, mañana te espero aquí en mi casa para compartir nuestras listas.

Y realmente no sabía por qué, pero a diferencia de la llamada de otros años, en la de este había sentido una inmensa alegría al escuchar su voz y llamarme "amigo".

—Cuenta con eso, algo me dice que este será un gran año.

—Oye te tengo una sorpresa de año nuevo.

—¿Sorpresa? — dije con curiosidad —¿Qué sorpresa?

—Cuelga la llamada y mira tu celular— dijo con una pequeña risa.

Y al hacerlo vi que me había enviado una foto de dos boletas para el primer partido de las eliminatorias que se disputaría en febrero, donde jugaría nuestro seleccionado nacional y en el que por supuesto Ortega sería el arquero. Pero lo que más me sorprendió fue un pequeño mensaje que venía adjunto a la foto y decía así:

"Este año si cumpliremos nuestro sueño y lo conoceremos de cerca, porque recuerda, siempre hay que creer en la magia de los nuevos comienzos. ¡Feliz Año Nuevo!".

Un día a la vez

Por Nasly Sulay Asprilla Riascos

Día 1

—Quiero amarte hoy, por si no hay mañana— Por un 2023 lleno de cosas bonitas para ti que te hagan inmensamente feliz. Que la vida nos permita seguir coincidiendo en este plano terrenal.

Día 2

—Quiero amarte hoy, por si no hay mañana— Hoy estoy despierta desde muy temprano en la madrugada, me pregunto por qué y no encuentro la respuesta.

O quizás sí, es que ya empieza de nuevo la realidad de las responsabilidades y compromisos que se asumen como adulto y madre.

En medio de mi desvelo pensé, si hubiese entendido antes que no eres un hombre de familia de enseñar con amor a quienes son la extensión de tu existencia, quizás, tal vez no hubiera tenido un hijo contigo. Eso no te hace mala persona, simplemente es tu esencia. Pero existe ese ser maravilloso que con solo verlo me motiva y me hace luchar por ser grande por él y para él. No me arrepiento de la decisión que tomé. Viviré agradecida contigo por eso.

Día 3

—Quiero amarte hoy, por si no hay mañana— Me gusta cuando a pesar de la distancia busco estar cerca sin importar cómo...

Día 4

—Quiero amarte hoy, por si no hay mañana—

Quiero amarte hoy sin rencores, sin reproches, sin dudas y sin esperar nada de ti.

Quiero amarte hoy, por si no hay mañana.

Día 5

Hola, ¿cómo estás?

Día 6

Quiero amarte hoy, por si no hay mañana. Quiero abrazarte en la distancia para sentirte cerca, aunque sé que solo es el recuerdo de tu presencia que me acompaña.

Día 7:

Quiero amarte hoy, por si no hay mañana. Aunque mi mente y mi cuerpo te desean, no puedo permitir que el fantasma de tu recuerdo me consuma. Debo seguir adelante sin ti.

Día 8

Día 9

Tus ojos, malditos ojos, me han marcado de por vida. Solo con mirarte, me hiciste el amor de una forma que nunca había experimentado antes.

Día 10

Aunque ya no estás aquí, todavía siento tu aroma impregnado en mi piel. Aun siento tu presencia en mi cuerpo, haciendo que mi clítoris y mis piernas tiemblen de emoción. Gracias por darme una experiencia tan intensa y única.

Día 11

Hola, buenos días. Me perdono a mí mismo y te perdono a ti por no haber sabido amarte como te merecías. Me perdono por no haber hablado antes y haber pedido perdón. Aprendí que el amor no es una locura irracional, sino un sentimiento que se nutre y cuida cada día.

Solo por hoy, voy a amarte así, solo por hoy, por si no hay mañana.

Día 12

Solo por hoy, te amaré así. Siempre me alegra escuchar tu risa y saber que estás bien, aunque estemos separados. Eres una experiencia emocionante y siempre estarás en mis pensamientos. Cuídate mucho y espero que tengas un gran día.

Día 13

Hoy desperté con tu aroma en cada rincón de la casa, como si estuvieras aquí conmigo. Te extraño tanto que solo por hoy te llamaré como lo hacía cuando te sentía mío. Cuídate y que tengas un excelente día.

Día 14

Anoche soñé contigo. Íbamos en la misma ruta, y no sabía que estabas allí hasta que me miraste con tus hermosos ojos y sonreíste. Te extraño tanto, mi corazón. Espero que tengas un excelente fin de semana.

Día 15

Por tu vida, la mía y la de nuestros hijos, solo por hoy deseo que tengas toda la felicidad del universo. Eres alguien muy especial para mí. Un abrazo.

Día 16

Espero que la vida te brinde la oportunidad de cumplir todas tus metas y que seas muy feliz. Espero también que tus ojos brillen tanto como la primera vez que los vi. Un abrazo.

Día 17

No recuerdo la fecha exacta en la que vi tus ojos por primera vez, pero sí recuerdo lo enamorada que quedé de su brillo. Espero que siempre mantengas la transparencia de tu alma y la nobleza de tu corazón, ya que se reflejan en tus hermosos ojos. Un abrazo.

Día 18

La vida es una montaña rusa, pero siempre recibiremos lo que hemos sembrado. Agradezco a las personas que han estado conmigo y me han apoyado. Espero poder retribuirles con todo mi corazón y gratitud. Espero que tengas un gran día.

Día 19

Día 20

Hoy me he desconectado un poco y estoy un poco fuera de mí. Solo quiero desearte lo mejor y que todo te salga bien siempre. Cuídate mucho.

Día 21

Estos días no han sido fáciles para mí, pero siempre deseo lo mejor para ti. Espero que siempre seas feliz, donde quiera que estés y con quien estés. Cuídate mucho.

Día 22

Solo quiero verte feliz y disfrutando de la vida. Tu felicidad es la mía. Un abrazo.

Día 23

Espero que hoy tengas un excelente día y que todo lo bonito de la vida te suceda. Siempre deseo verte feliz y que puedas cumplir todos tus sueños. Un abrazo desde la distancia y se feliz hoy.

Día 24

Siempre quiero verte bien, aunque eres un enigma que ya no quiero descifrar. Solo quiero estar contigo cuando pueda y cuando las ganas y el ánimo me acompañen. Cuídate siempre.